Hrsg. Elke Schleich / Holger Dittmann

YEAHSTERDAY

Stories in the Sky with Diamonds

ISBN 978-3-839144-95-4

Inhaltsverzeichnis

Vorwort
Is there anybody going to listen to our stories ..?

Sie waren aufregend, aber nicht obszön. Sie waren witzig, aber nicht verletzend. Sie waren erfolgreich, ohne sich anzubiedern. Sie erfanden sich ständig neu, ohne sich zu verleugnen, wurden zu Trendsettern und schwammen dennoch mit dem Strom – einem Strom, den sie selbst entfesselt hatten. Sie komponierten den Soundtrack ihrer Generation, sind in der Geschichte der Popmusik bis heute das Maß der Dinge. Ihre Songs sind von kindlicher Unschuld, von funkelndem Esprit, von grandioser Intensität. Und sie alle vermitteln die eine Botschaft: LOVE!

Vier Mozarts gleich, schufen die Beatles unvergängliche Melodien und zahlten ihren Tribut an die Vergänglichkeit. Unmöglich, sich ihrem Zauber zu entziehen! Etwas Magisches, nein, etwas geradezu Göttliches haftete ihnen an. Daß sie Brian Epstein, George Martin trafen, daß sie einander überhaupt begegneten – nur Zufall? Wir altern mit jedem Tag, doch ihre Lieder sind noch immer jung. Wir werden wieder gehen. Sie aber werden für immer bleiben – across the universe.

Die Beatles – ein Phänomen der Sechziger? Die Sechziger – ein Phänomen der Beatles? Wer wollte das entscheiden! Sicher ist: Kulturelle Umbrüche gab es zu jeder Zeit, doch nie zuvor und nie danach wurde Musik derart zum Synonym, zur Fanfare für den Aufbruch in eine neue Ära. Die Sechziger begannen als Fünfziger und endeten als neues Jahrtausend. Und vier junge Männer aus Liverpool trugen daran enormen Anteil.

Einunddreißig Paperback Writer erzählen in diesem Buch Stories in the sky with diamonds – anrührend, respektlos, autobiographisch, fiktional, obskur und (einer Marotte der Herausgeber folgend) in der alten Rechtschreibung. Wir hoffen, daß Sie am Ende sagen werden: „Words that go together well!"

Die Herausgeber

Elke Schleich und Holger Dittmann

Anmerkung

Bitte bedenken Sie: Dies ist kein Sachbuch! Zwar haben wir sämtliche Angaben, die sich auf historische Zeitpunkte oder Orte beziehen, im Rahmen unserer Möglichkeiten überprüft; dennoch mögen sich hier oder dort sachliche Fehler eingeschlichen haben, für die wir vorsorglich um Verzeihung bitten. Wir hoffen, daß Sie so großherzig sind, sie der dichterischen Freiheit zuzurechnen. Bei dieser Gelegenheit bedanken wir uns recht herzlich bei den Mitgliedern des Fanforums „Erdbeerfelder" (www.erdbeerfelder.de), die unsere Fragen mit nie versiegender Geduld beantwortet haben, bei unserem Covergestalter Gerd Hafemann (Gerd.Hafemann@arcor.de) sowie allen, die uns Liebe, Kraft und Inspiration gegeben haben.

Zutaten für eine erfolgreiche Boygroup in den Sechzigern
(mit Erfolgsgarantie für die folgenden vierzig Jahre)

von Jenny Stegt

- Vier mehr oder minder nett anzusehende, auf jeden Fall schwieger-sohntaugliche junge Männer (notfalls können es auch zu Beginn fünf sein)
- Mut zur Wandlungsfähigkeit, dem Zeitgeist entsprechend
- musikalisches Talent (bei zumindest zweien der vier sollten auch gewisse Interessen im Bereich der Komposition liegen)
- eine Kneipe auf dem Hamburger Kiez für legendäre öffentliche Auftritte
- ein Zebrastreifen
- ein Agent, der das Rauchen, Essen und Trinken auf der Bühne kontrolliert (zumindest zu Beginn der Karriere, später ist Narrenfreiheit möglich)
- ein kongenialer Produzent, der Bänder rückwärts laufen läßt und das Piano-Solo in „In My Life" spielt
- die Gabe, zum richtigen Zeitpunkt aufzuhören (falls nicht vorhanden, sollte eine Person gefunden werden, die man in alle Zukunft für das Ende verantwortlich machen kann)

Yeah, yeah, yeah!

von Holger Dittmann

Es krachte, als sei Nachbars Kleiderschrank umgefallen. Die Fensterscheiben klirrten; die Glasfronten der Vitrine zitterten leise.

Arno und ich hoben kaum den Blick. In jenen Tagen krachte es ständig: Immerhin stand der dritte Weltkrieg vor der Tür. Demnächst würden die Russen den Mond besiedeln und die dortige Bevölkerung versklaven. Anschließend wären wir Westberliner an der Reihe. Sowjetische MiG-Düsenjäger durchbrachen die Schallmauer so oft, daß nicht einmal mehr die Tauben erschraken. Die Knallerei sollte die Einwohner seelisch zermürben und sturmreif ballern: die jüngste Erfindung des friedliebenden Weltkommunismus nach Blockade, Todesstreifen und Kuba-Krise. Unseren Messias hatte man ermordet: John F. Kennedy. Rundum Hoffnungslosigkeit. Kurz: Alles wie immer. Same procedure as every year. Kein Grund zur Beunruhigung.

„Nochmal!" bat ich. Wir hockten vor einer Musiktruhe, deren Radioskala unverdrossen Stationen wie „Belgrad", „Stavanger", „Königsberg" und „Breslau" anzeigte. Das nukleare Armageddon tagtäglich vor Augen, gefielen uns sentimentale Lieder sehr, besonders das vom *Pferdehalfter an der Wand*. Gelegentlich mußten wir verstohlen schluchzen. Bruce Low, der Mann mit der tiefen Stimme und der weichen Seele, war der Größte – bis jetzt. Denn eine brandneue Single lag auf, Onkel Sepps Mitbringsel für Arno. Das Cover zeigte vier junge Männer mit schockierenden Mähnen. Sie erreichten bereits die Ohren. Beinahe jedenfalls.

Mein bester Freund strahlte, als sei ihm soeben der Heilige Geist erschienen. Seine Augen glänzten. Ungeduldig bugsierte er den altertümlichen Tonabnehmer zurück. Die Nadel knisterte. Und schon ging's wieder los:

„She loves you, yeah, yeah, yeah!"

Mein lieber Scholli, das klang ganz und gar nicht wie *Begrabt mein Herz in der Prärie* und *Hafenlicht*! Dieses „Yeah, yeah, yeah" war der reinste Stromstoß. Da vibrierte pure Energie – so völlig anders als die lethargische, vornehm gedämpfte Untergangsstimmung, die uns umgab. Im sicheren Gefühl, daß Berlin demnächst von sowjetischen oder amerikanischen Atombomben eingeäschert würde, wirkte der ansteckende Optimismus dieser Schallplatte geradezu obszön. Der Orkan aus Übermut, guter Laune und unbändiger Lebensfreude verursachte in meinem Epizentrum ein wohliges Beben. Die Polkappen schmolzen im warmen Regen des Schlagzeugs und tränkten die Seele mit Zuversicht. Plötzlich sendete der Große Regisseur in Technicolor. Welch ein Feuerwerk! Nun lag es an den Menschen, all die Farben einzufangen, um daraus ein Lächeln zu machen.

Okay, textmäßig verstand man nur Bahnhof. Kein Wunder – Englisch wurde erst ab der fünften Klasse unterrichtet. Also: Vati fragen!

„Diese langhaarigen Affen! Die wissen ja selber nicht, was sie da zusammenheulen!"

Danke für dieses Gespräch, Vati! Allenthalben Rätselraten: „Ski"? „Lackschuh"? Was mußte erst der Spitzbart mit der Fistelstimme gedacht haben, dem die Muttersprache des Imperialismus schon aus Prinzip suspekt erschien? Die Antwort folgte prompt:

„Ist es denn wirklich so, daß wir jeden Dreck, der vom Westen kommt, nu kopieren müssen? Ich denke, Genossen, mit der Monotonie des Jeh-Jeh-Jeh, und wie das alles heißt, ja, sollte man doch Schluß machen."

Danke für dieses Gespräch, Walter! „Schluß machen" war ja schon immer deine Paradedisziplin. Schluß mit der Freiheit, Schluß mit der Lebenslust, Schluß mit Westberlin. Dein Statement bekundete, daß du der Eintönigkeit des „Jeh-Jeh-Jeh" etwas Wundervolles entgegenzusetzen trachtetest: die überwältigende Farbenpracht deines weißen Strohhütchens. Du ausgeflippter Hippie, du!

Ach, hätten die Herrscher den Beatles doch zugehört! In Tränen wären sie ausgebrochen angesichts der überströmenden Herzensgüte von *She Loves You*, der wohl anrührendsten Geschichte seit Schillers „Bürgschaft". Da hat sich ein junges Paar nach einem schrecklichen Streit getrennt. Der Kumpel der beiden begegnet dem einsamen Mädchen. Wird er die Situation zu seinen Gunsten ausnutzen? Sich als selbstloser

Tröster aufspielen, um die süße Schnecke, die ihn aus nassen Rehaugen ansieht, ins Bett zu lotsen? Nix da! Treu und uneigennützig richtet er dem anderen ihre Botschaft aus: „Du hast sie furchtbar verletzt, aber trotzdem denkt sie immer nur an dich! Sie liebt dich! Menschenskind, sei froh, eine solche Freundin zu haben!"

Großmut und Vergebung, wie ekelhaft! Die Betonköpfe wollten derlei in keiner Sprache der Welt verstehen. Für sie klang das *Yeah, yeah, yeah* so alarmierend, als sei es ein „No, no, no". War es ja auch: Nein zum Krieg, nein zum Todesstreifen, nein zum Atompilz, nein zum Eigensinn. Ein Nein zur Unversöhnlichkeit, ein Nein zum Leid, ein Nein zum Schrecken; ein Nein zu Stacheldraht und Tretminen, ein Nein zur MiG. Ein Nein mit der Sprengkraft der Posaunen von Jericho: Ihr Völker der Welt, hört auf dieses Lied!

Von wegen! Die Hardliner griffen zu Ohropax. Hier stimmten sie seltsamerweise überein – zu beiden Seiten des Eisernen Vorhangs. Noch mehr als voreinander fürchteten sie sich vor ihren eigenen Kindern: Bloß keine dummen Gedanken wecken! Verzeihen? Pustekuchen! Die Erwachsenen wollten lieber streiten. Die vorherrschende Modefarbe blieb Olivgrün. Wäre ja auch zu schön gewesen …

Nikita Chruschtschow zu Walter Ulbricht: „Gästern ichchch Rägierände Bürgärmeistärrr von Wästbärrlinnn gätroffännn. Du ihn tief värlätzt, abärrr ärrrrrr dichch noch immär liebännn. Sag, ist das nichchcht wundärrrbarrr, Towarischtsch? Du nix so stolz, ännntschuldigäää dichch bei ihm!"

Walter Ulbricht zu Willy Brandt: „Nu, Genosse, niemand hatte die Absicht, eine Mauer zu errichten! Die Bauarbeiter der Hauptstadt sind nu dabei, sie wieder abzureißen! Mir tut das alles so leid! Wollen wir nu zusammenziehen?"

„Walter, alter Freund, das ist eine wunderbare Idee! Auch die westliche Seite hat vieles falsch gemacht, vergib uns, bitte!"

„Nu, ich bin es, der sich entschuldigen muß. Laß uns nu gleich mit der Monotonie des Militär-tär-tärs, oder wie das alles heißt, Schluß machen!"

„Unsere Nullrüstung ist bereits in Arbeit! Ach, du hast mir so gefehlt. Ich hab' dich doch so lieb!"

„Nu, ich liebe dich doch auch, Willy! Wir wollen nu gemeinsam eine neue BRD gründen: die Beatles-Republik Deutschland! Ich habe nu brandneue Losungen für die Arbeiterklasse: We can work it nu out! Give peace nu a chance! All you nu need is love!" Umarmung, Bruderkuß und Happy End. Die Vier Mächte, verkleidet als John, Paul, George und Ringo, sehen gerührt zu und singen „With a little help from my friends".

Igitt, welch ein Alptraum für die Falken! Was setzten sie nicht alles daran, ihn zu verhindern. Schön doof, denn so vieles entging ihnen: Ein *Yeah, yeah, yeah* zu jedem freundlichen Wort, jeder trostreichen Geste, jeder Umarmung; jedem Weihnachtsfest, jedem Geburtstag; zum Regen, zum Schnee, zum Sonnenschein. Ein jubelndes *Yeah, yeah, yeah* zum Leben, ein *Yeah, yeah, yeah*, das alle Schallmauern sprengte – ganz ohne Düsenjäger. Ein Ruf wie Donnerhall, eingeleitet von einem elektrisierenden Trommelwirbel.

„Nochmal?" fragte Arno. Seine Wangen glühten. Ich nickte. Bevor der Tonarm die erste Rille fand, zerriß ein ohrenbetäubender Knall die Luft. Die Fensterscheiben klirrten; ein Täuberich gurrte gelangweilt.

Recht so, alter Knabe! Scheiß auf die Betonköpfe! Sollten sie doch Radau veranstalten, soviel sie wollten! Eines Tages würde sich alles zum Guten wenden; eines Tages würden alle Mauern fallen. Das spürten wir genau.

Yeah!
Yeah!
Yeah!

Was bleibt

von Bettina Buske

*Are you going to be in my dreams
tonight?
And in the end
the love you take
is equal to the love you make*

An jedem 7. Oktober feiere ich meine Erinnerung: meine Erinnerung an dich. Und an jedem 7. Oktober kämpfe ich dagegen an, daß du immer unwirklicher wirst, denn von Jahr zu Jahr verblassen deine Konturen. Hätte ich kein Foto, wüßte ich schon nicht mehr, was genau dein Gesicht so schön machte. Wüßte noch von den langen blonden Locken und blauen Augen, könnte aber dieses feine, verhaltene Lächeln, das in deinem Blick, in den Grübchen deiner Wangen und in den Mundwinkeln saß, nicht zurückrufen. Dieses Lächeln, wohl der eigentliche Grund dafür, daß ich von den anderen Mädchen beneidet wurde. Dieses Lächeln, das sofort ihre ganze Aufmerksamkeit auf sich zog. Lästig für mich, und ich neckte dich oft genug damit, um meine Eifersucht zu verbergen. Ein Grund, nicht mit dir zu gehen, denn ich wollte unsere Freundschaft nicht gegen eine unsichere Liebe eintauschen; dafür hatte ich dich einfach zu gern und zu große Angst, dich zu verlieren.

Wir besuchten damals die neunte Klasse einer polytechnischen Oberschule in *Berlin – Hauptstadt der DDR*, wie jener Teil der Stadt in den verkrampften Verlautbarungen von Partei und Regierung hieß. Unsereins sprach, wenn im Gespräch unterschieden werden mußte, nur von Ostberlin und Westberlin. Du und ich, überzeugte Friedrichshainer, genossen alles, was wir brauchten – Sportplatz, Bibliothek, Arbeitsgemeinschaften, Jugendclub, das Café Sybille, das Kino Kosmos –, und konkurrierten spielerisch mit den Leuten vom Prenzlauer Berg. Neben dem Kokettieren mit der Zugehörigkeit zum einzig wahren Bezirk aber zählte hauptsächlich die Frage: Beatles oder Stones? Die richtige Antwort entschied darüber, ob man als Gast bei einer Fete erste oder zweite Wahl war; Übereinstimmung im Musikgeschmack ließ die gleiche Lebenseinstellung vermuten.

An Einladungen mangelte es uns nicht, denn deine langen Haare, die dir manche demütigende Bemerkung von Erwachsenen und kurzzeitig sogar ein Schulverbot einbrachten, machten dich für Gleichaltrige zum Helden. Da konnte selbst eine als falsch empfundene Antwort nicht disqualifizierend wirken.

Mit Nachrichten und Musik von jenseits der Mauer versorgte uns der RIAS, der Rundfunk im amerikanischen Sektor und die „freie Stimme der freien Welt". Du besaßest ein Tonbandgerät, mit dem du die Musiktitel aus der Sendung *Treffpunkt* mitschneiden konntest. Deine Großmutter aus dem Westen muß entweder besonders couragiert oder besonders leichtsinnig gewesen sein; sie beschenkte dich zur Jugendweihe mit Beatles-Platten, Schmuggelware im Gepäck. Von wem auch immer sie diesen Tip gehabt haben mochte, die Friedrichshainer Jugend dankte es ihr im Geiste. Wie viele Tonbänder fülltest du mit Beatles-Alben, mit *A Hard Day's Night, Beatles For Sale, Help* und *Sgt. Pepper's Lonely Hearts Club Band*! Im Tausch bekamst du die Rolling Stones und andere Gruppen zurück.

Eines Abends im September verkündete ein Moderator, daß die Rolling Stones am 7.Oktober, dem Tag der Republik, auf dem Dach des Springer-Verlaghauses auftreten würden. Verwundert sahen wir uns an. Dieselbe Gruppe, die vor vier Jahren in der Westberliner Waldbühne eine derart lustlose, kurze Vorstellung abgeliefert hatte, daß die enttäuschten Fans den Veranstaltungsort in Trümmer legten? Das mußte traumatisch gewesen sein, weil man noch immer davon sprach. Ausgerechnet diese Band sollte nun hoch oben, über der 19. Etage an der Grenze, ein Konzert geben? Als Gäste des Presseunternehmens, das ständig gegen sie polemisierte? Wo keiner sie sähe, höchstens hörte, wenn überhaupt? Alles sehr unwahrscheinlich, wohl eine der sprichwörtlichen RIAS-Enten.

Im weiteren Verlauf der Sendung wurde das Stones-Konzert nur noch im Konjunktiv erwähnt, und es war nun deutlich als fiktive Idee des Moderators zu erkennen. Nicht auszudenken, welche Folgen es in der Realität hätte nach sich ziehen können! Doch wie schnell ein Gerücht sich verselbständigt, zeigte sich am nächsten Tag. In der Schule, im Zeichenzirkel, im Sportverein, überall gab es nur das eine Thema: Die

Rolling Stones spielen am 7. Oktober auf dem Springer-Hochhaus! Unsere Versuche, den Scherz richtigzustellen, verblaßten gegen den bunten Wunsch, einmal eine richtige Rockgruppe, einmal die Rolling Stones live zu erleben.

In den nächsten Tagen sprach im *Treffpunkt* niemand mehr von der erfundenen Darbietung, aber überall, wo Jugendliche zusammenkamen, entstand gespannte Unruhe. Langsam bekamen wir Angst um unsere Freunde. Da kam dir die Idee, eine Feier für Stones- und Beatles-Fans auf dem Dachgarten des Hauses, in dem ich wohnte, zu veranstalten. Mit einer Halbwahrheit gelang es mir, vom Hausmeister den Schlüssel zu bekommen. Tagelang kopiertest du unter Zuhilfenahme eines geliehenen zweiten Gerätes fünf Stunden Rolling Stones und Beatles im Wechsel auf Bänder, ab und an unterbrochen von den Yardbirds, Joe Cocker, Donovan, Small Faces, Joan Baez, Janis Joplin und Marianne Faithfull: Musik, die unser Empfinden in allen Facetten spiegelte.

Am Republikfeiertag saßen wir über den Straßen Friedrichshains, tranken Clubcola und warteten auf unsere Freunde. Die Mädchen erschienen vollzählig, aber nicht einer von den Jungen konnte der vagen Chance, die Rolling Stones würden an der Mauer auftreten, widerstehen. Es zog sie zum Hausvogteiplatz, um von dort in Richtung Grenze zu gelangen. Wie sie später erzählten, kamen sie nicht weit. Vor der U-Bahn-Station erwartete sie eine erstaunlich große Anzahl von Leuten im Blauhemd mit Armbinden der FDJ-Ordnungsgruppen. Sobald ein kleiner Trupp Jugendlicher den Bahnhof verließ, begannen sie, die angereisten Fans zu umzingeln und in die Arme der Bereitschaftspolizei zu treiben, die mit Gummiknüppeln vorging und verhaftete, wen immer sie greifen konnte.

Wir auf dem Dach bekamen davon nichts mit. Wir sahen nur den klaren Himmel und genossen das milde Wetter. Weil wir ausnahmslos zu denen gehörten, die die polarisierende Frage „Beatles oder Stones?" mit „Beatles!" beantworteten, legten wir die Mixbänder bald zur Seite und machten uns einen schönen Abend mit unserer Lieblingsband. Irgendwann gingen die Mädchen, und wir beide blieben allein zurück, allein mit den Beatles, zu deren Musik man einfach eng und zärtlich tanzen mußte. *Lucy in the Sky With Diamonds* schien uns magisch, märchenhaft und voller Liebe, wie ein Bild von Chagall.

Spät am Abend suchten vier starke Scheinwerfer das Firmament ab, bis die Lichtstrahlen sich trafen und zwei Kreuze malten, eine römische Zwanzig als Abschluß der Festveranstaltung zu Ehren des 20. Jahrestages der DDR. Du standest hinter mir, deine Arme um meinen Körper, deine Wange an meine Schläfe gelegt, und sagtest lakonisch: „Und zum dreißigsten Jahrestag machen die dann drei Kreuze, den geschafft zu haben."

An diesem 7. Oktober wurden wir, was andere schon lange in uns gesehen hatten: ein Paar. Doch wir konnten unsere Liebe nicht lange leben, denn du konntest nicht lange leben.

Aber über die Jahre versöhnte ich mich mit dem Schicksal. Was bleibt, ist die Erinnerung – und *Lucy in the Sky with Diamonds*, für mich noch immer so magisch, märchenhaft und voller Liebe wie ein Bild von Chagall.

Beatlemania in Dresden
von Andrea Noack

Es muß so 1963, 1964 gewesen sein, als alles begann. Ein Kollege meines Vaters war bei uns zu Hause und erzählte, daß er irgendwo im Fernsehen einen Bericht über ein Konzert dieser neuen „Beatles" aus England gesehen habe: Die Frauen hätten gekreischt und ihre BHs an die Absperrgitter geworfen. Als ich das vernahm, war's um mich geschehen. Himmel, wie aufregend – die Sache mußte man verfolgen!

Damals fing ich an, mich für Jungs zu interessieren, für Beatmusik und Mode. Ich war neugierig auf Unbekanntes, sehnte mich nach Sensationen und glaubte, daß man das erstrebenswerteste Alter erreicht haben würde, wenn man endlich vierzehn wäre. Sensationen? In der DDR lebten wir ziemlich abgeschnitten von den Trends der westlichen Welt. Hier in Dresden gab es nicht einmal „Westfernsehen", so daß wir uns unsere Informationen in erster Linie aus dem Radio holten – oft zwar nur unter heftigem Rauschen, aber wir wußten *alles*.

Und dann hörte ich endlich einen Titel der Fab Four und war Feuer und Flamme. Jedem neuen Beatles-Song fieberte ich entgegen, und morgens auf dem Schulweg war er *das* Thema. Jeder neue Hit, den die vier Liverpooler herausbrachten, traf mich wie ein elektrischer Schlag. Ich weiß noch genau, daß ich die ganze Nacht nicht schlafen konnte, nachdem ich zum ersten Mal *Lady Madonna* vernommen hatte, so aufgeregt war ich. *Girl*, *Hello Goodbye*, *Penny Lane* und, und, und … eine endlose Liste von Highlights, von wahren Glücksmomenten! Meine Freundinnen und ich schwärmten für alle: Stones, Kinks, Lords, Dave Dee, Manfred Mann, Ricky Shayne, Cliff Richard, später auch für Niemen und Renft, doch die Beatles stellten alles in den Schatten.

Die Plazierungen diverser Hitparaden wurden notiert und in der Klasse ausgewertet, wir füllten Hefte um Hefte: Schlagerderby auf DLF, Europawelle Saar, Radio Luxemburg. Das war unsere Welt, das beschäftigte uns, das war wichtig. Unsere Sammlungen waren umfangreicher als die Chartlisten in der *Bravo*, und so manches Kind unserer Republik hätte wohl in einem Wissenstest zu Popmusik und Jugendkultur problemlos die westdeutschen Konkurrenten geschlagen. Der Reiz des Verbotenen spielte dabei natürlich keine unerhebliche Rolle, denn was nur unter gewissen Anstrengungen erlangt werden kann, ist uns doch besonders lieb und teuer.

Mit den englischen Texten war es nicht so einfach, da gab's große Defizite. In der DDR lernten wir Russisch, Englisch war ein Nebenfach. Meine Kenntnisse hab ich sozusagen zwischen *Yesterday* und *Let It Be* erworben. Wir versuchten, die Zeilen nach Gehör mitzuschreiben – und das bei dem schlechten Empfang. Da ist wohl einiges verkehrt gelaufen. Inzwischen wurden diese Irrtümer korrigiert, und mit dem John-Lennon-Songbook kommt man locker durchs Leben.

Um an Portraits unserer Idole zu gelangen, fotografierten wir Bilder aus Zeitungen und Plattencover. Als Mädchen fühlte man sich schließlich ganz anders zu den Boys hingezogen. Doch es dauerte immer eine Weile, eh man mal ein Foto zu Gesicht bekam. Mein liebstes zeigte John Lennon mit Cynthia und Julian. Die Westzeitungen, die wir anschauten, waren schon durch -zig Hände gegangen, und auch wir gaben sie weiter: an Nachbarn, Freunde und Bekannte. Alles wurde genau studiert, jedes Wort aufgesogen. Wir waren ja glücklich, wenn wir etwas über die Beatles und andere Stars erfuhren! Damals konnte man sich noch merken, was man las und was man hörte. So kommt es, daß einige Liedtexte selbst heute abrufbereit in meinem Gedächtnis parat liegen, obwohl manche wirklich dämlich sind – *Der Graf von Luxemburg*, *Memories Of Heidelberg* oder *Welche Farbe hat die Welt*. Was ich gestern im Fernsehen gesehen hab, weiß ich hingegen oft nicht mehr.

Was hab ich mir gewünscht? Daß die Fab Four mit dem Straßenkreuzer an der Schule vorfahren und mich aus der Mathestunde holen oder daß sie mich von der Hausordnung erlösen … Zugegeben, die Phantasien blieben nicht so harmlos, und ich träumte mich in ihre Arme.

Anfangs waren wir ausnahmslos in Paul verliebt. Er war der Netteste, Liebste, gerade richtig für ein Kleinmädchenherz. Mit der Zeit veränderte sich mein Geschmack, und alsbald wurden auch John, George und Ringo interessant. Für jede Lebenssituation gab's den passenden Beatle. Mit anderen Worten: Ich hatte *alle vier*!

Warum rührt mich das noch so an, nach all den Jahren? Was führte zu diesem sensationellen Erfolg? Weshalb funktioniert es immer noch und immer wieder? Es war der Gehalt, es ist die Botschaft: LOVE. Love is real ... Love is the answer ... All you need is love ... Love me do ... She loves you ... Nie haben Idole mit solchem Nachdruck und solcher Konsequenz diese Schwingung verbreitet, für diese Sehnsucht gelebt.

Was habe ich gelitten, als die Beatles sich trennten, und seither sehnte ich ihre Wiedervereinigung herbei. Selbst der Tod von John Lennon zerstörte diese Hoffnung nicht gänzlich. Meine Zuneigung zu ihnen hat alles überdauert: meine Ausbildung, meine Ehe, meine Liebschaften, die politische Wende in der DDR, berufliche Einschnitte.

Erst als George starb, war die Sache endgültig ... the dream is over ... Irgendwo in mir ist noch dieses kleine Mädchen, das für die Idole der 60er schwärmt. Das Foto von Cynthia habe ich bis heute aufbewahrt. Meine Begeisterung besteht nach wie vor, die Euphorie hat in den letzten Jahren neue Nahrung bekommen, die Beatlemania ist wieder ausgebrochen. Einige meiner Träume von damals sind in Erfüllung gegangen, wenn auch auf etwas andere Weise. Auf der Beatles-Convention 2006 in Hamburg traf ich mit Cynthia zusammen. Als ich in der Reihe der Autogrammsammler anstand, dachte ich: Über 40 Jahre zwischen der Begeisterung für ein Foto und der Begegnung mit der „echten" Cynthia. Das alles ist schon ziemlich irre und wunderbar.

So begegnen sich manchmal Vergangenheit und Gegenwart.

Es war schon eine tolle Zeit ...

... Yesterday ...

Norwegian Wood
von Peter Ettl

zu zarten sitarklängen
das geheimnis indiens
entblättert
zumindest aber
die blanke schönheit der
nachbarstochter
nur sandelholz
matratzen
alte deutsche
dielenbretter
und die gewissheit der 45
umdrehungen:
this bird has flown

Martha My Dear
von Wolfgang Kirschner

Ich war sechzehn und sie eher jünger, aber ich fand nichts dabei, ihr ein süßes Baby an die Brust zu wünschen. *Lady Madonna, baby at your breast ...*

Yeah! Ich stand in der Hofeinfahrt gegenüber ihrem Haus und plante unsere Zukunft. Eine Zukunft voller Schönheit, kleiner körperlicher Abenteuer und nie endender Liebe. Unschuldiger Liebe. Zu unbeschreiblicher Musik. *Love me do ... uh-uuuh ...*

Ich würde meine *Lady Madonna* auf Händen tragen, ihr jeden Wunsch von den Lippen ablesen, noch bevor sie ihn selbst verspürte. Wir würden uns anschauen und anfassen, lächeln und lieben und immer füreinander da sein. Es wäre wundervoll. Ich würde sie anbeten. Jeden Tag. Schon morgens beim ersten Sonnenstrahl läge ich vor ihr auf den Knien, ganz selbstverständlich. *Here comes the sun ....* aber ja. Ich würde ihre Hände küssen, ihre Fingerspitzen, ihre Schenkel durch den dünnen Saum ihres Minirockes mit den Lippen berühren, ihre Knie, ihre nackten Füße – alles. Das würde mich aufrichten. Dann würde ich sie im Glanz der Morgensonne zum Tisch tragen, wo alles für sie bereitstand, was ihr noch schläfriges Herz begehrte. Ein Frühstück wie für eine Königin: *Lady Madonna.*

Ich würde sie anschauen, wie sie ihren Orangensaft trank, wie sie ihr Brötchen bestrich, und es würde mir das Herz weiten. Ich würde *Strawberry Fields* summen und ihr die Erdbeer-Marmelade aus den Mundwinkeln küssen, den Kaffeetropfen von der Lippe, das Eigelb von ihrem Kinn. *I am the eggman ... tutututuuuh ...*

Dann würde ich sie zurück zu unserem riesigen Bett tragen, einem Bett ohne Grenzen. *Lady Madonna lying on the bed ...* Überhaupt müßte sie wenig gehen in einem Leben mit mir. In diesem Land war so viel marschiert worden. Für den Rest des Tages würden wir uns liebhaben, kuscheln, aneinanderschmiegen, in einer Welt aus Enge, Wohlstand und Ignoranz. Ich würde ihr Geschichten erzählen, während sie in meinem Arm lag. Niemals sollte ihr langweilig werden mit mir. Nie mehr sollte sie die alten Geschichten hören. Ich würde davon singen, wie schön sie war, wie begabt, wie wundervoll und interessant, ihr verraten, was sie wirklich brauchte: *All you need is love ...*

Das wäre unsere Zukunft. Natürlich gäbe es auch mal kleinere Verstimmungen. Sie würde ihre Tage haben, Frauen haben so etwas. Das wäre normal, es hätte nichts mit mir zu tun, nichts mit meiner Liebe. Ja, ich hatte alles im Kopf, sah es deutlich vor mir. Alles war vorherbestimmt.

Die Sache hatte nur einen Haken: Martha wußte nichts von mir.

Noch nicht. Aber damit sich das änderte, stand ich mir seit Tagen vor ihrem Haus die Beine in den Bauch. *Fixing a hole ...* Irgendwann müßte sie herauskommen, etwas einkaufen, der Oma Kuchen und Wein bringen, so etwas. Ich war der Wolf, ich würde meine Chance nutzen, und die famose Zeit nähme ihren Anfang. Wir könnten auch durchbrennen. Wäre sowieso am vernünftigsten. *Wednesday morning at five o'clock ... she is leaving home ...*

Es war Januar und bitterkalt. Weihnachtsferien. Meine Füße waren Eisklötze, mein Gesicht eine Kältemaske, aber mein Herz loderte. Für Martha! Ein eisiger Wind fegte durch die Hofeinfahrt und peitschte meine Sinne. Er riß an den freien Flächen meiner Haut und zerfetzte meinen Atem.

„Martha my dear, you have always been my inspiration ...!" sang es in mir. Paul McCartney wärmte mir die Seele vor. Er hatte das Lied für mich geschrieben. Er war ein Gott, er konnte das. Alle vier Pilzköpfe waren Götter, für die meisten von uns. Sie waren in die Welt gekommen wie das Verliebtsein. Genau so plötzlich. Genau so schön. Genau so gigantisch.

Was für eine Zeit. Was für Möglichkeiten.

Mein Vater hatte sich im Arbeitsdienst verliebt und meine Mutter im BDM-Korsett. Ich weiß nicht, ob etwas in ihnen sang, aber sicher kein *Penny Lane,* kein *Fool On The Hill.* Obwohl sie viele davon hatten. Von den Narren.

Sonst hatten sie nichts. Nur Kunsthonig und Hordengebrüll. Die Comedian Harmonists vielleicht noch, die hätten *ihre* Beatles werden können. Doch sie waren eine verlorene Generation. Eine verlogene Generation. Wir sagten es ihnen, wir schleuderten ihnen mit einem unglaublichen Rhythmus ihre Versäumnisse ins Gesicht. Das tat weh, deshalb beschimpften sie uns. Aber sie wußten, daß wir recht hatten.

Martha my dear, wo bist du? Siehst du nicht, daß ich erfriere? Vor deinen Augen. Sag hinterher nicht, du hättest nichts von mir gewußt. Du konntest mich sehen, ich war da! *Remember me.*

Gott, wie ich es haßte. Alles, was nicht Martha war. Alles, was älter war. Alles, was von nichts etwas gewußt hatte.

Die Sonne erschien wie eine strahlende Diva in der Straße und ließ sich auf der Bank beim Spielplatz nieder. Ich ging hinüber und setzte mich dazu. *I'll follow the sun ...* Die zugige Hofeinfahrt hätte mich umgebracht, früher oder später. Früher hatten sie Züge benutzt, um andere umzubringen. Früher, als alles besser war. Als die Frauen nachts alleine über die Straße gehen konnten. *The long and winding road,* angstfrei.

Meine Martha, nun war sie weiter weg. Ihr Fenster warf zusätzliche Sonnenreflexe in meine Richtung, mir wurde wärmer, ich taute auf.

Ein alter Mann kam angetrottet. Mit einem Spazierstock. *All the lonely people, where do they all come from...?* Er lächelte mir glatt ins Gesicht mit seinen vielen Falten und setzte sich neben mich. Kaum hatte er Platz genommen, begann er, mit dem Stock unhörbare Rhythmen auf den Asphalt zu klopfen. Vor fünf Minuten hätte ich ihn verflucht, doch nun fand ich ihn albern. Ich sah seinen geschorenen Nacken aus dünnen weißen Haaren. Was klopfte er da für eine Melodie? *Yesterday?*

Er spürte, was ich dachte, denn er drehte sich zu mir um, grinste mich an und nickte dabei. Sein Stock stampfte weiter im Rhythmus. Er war ein großer Trommler. Er mußte aus einer Trommlerfamilie stammen. Einer Generation von Trommlern. Einem Volk von Trommlern.

Plötzlich stieg Wut in mir auf. Auf den Alten. Sein Getrommel. Seine anmaßende Art, mir zu sagen: Ich bin hier, wer bist du? Was willst du? Was machst du? Warum lungerst du hier herum? Bänke sind für uns Alte da. Wir sind durch die ganze Welt marschiert. Wir haben ein Recht auf Bänke – du nicht. Du bist jung, du hast hier nichts verloren. Hau ab! Ich hämmere, bis du verschwindest.

Da konnte er lange warten. Ich wartete auf Martha. Worauf wartete er? Auf den Tod? Egal, ich wurde frech:

„He, bist du nicht Ringo? Der Schlagzeuger des Jahrhunderts, der größte Trommler aller Zeiten?"

Er grinste und nickte. Sein Blick war ein blutleerer Sog aus dem Sumpf der letzten tausend Jahre.

„Neuer Song, Ringo? Was sagt John dazu? John ist doch der Boß, oder?"

Der Alte blickte mich wieder an, grinste und nickte. Und er klopfte weiter.

„Gibt's auch einen Text dazu?" fragte ich jetzt. Der Alte machte mich rasend. *„Wir werden weitermarschieren, bis alles in Scherben fällt. Heute gehört uns Deutschland, morgen die ganze Welt ..."?*

Der Alte nickte und trommelte. Sollte ich ihm den Stock wegkicken? Damit er kapierte, daß die Zeit der Trommeln vorbei war? Daß er niemanden mehr einschüchtern konnte mit diesem Tock, Tock, Tock! Diesem Wumm, Dumm, Dumm! Diesem Tot, Tot, Tot!

„Ringo", rief ich, „hör auf! Gleich kommt mein Mädchen. Ich will nicht, daß sie sich ängstigt. Ich muß ihr sonst von deiner Vergangenheit erzählen. Wo du früher so getrommelt hast. Du weißt doch, dein Trommelwirbel zu den Erschießungskommandos. Dein Getrommel, als die Fahnen wehten, die Stiefel marschierten. Das soll mein Mädchen nicht mit anhören, es würde ihr Trommelfell quälen, Ringo!"

Ich war sicher, der Alte verstand nichts. Er nickte senil und klopfte. Vielleicht war er krank. Irgendwas mit den Nerven. Malariamitbringsel vom Afrikafeldzug? Ich konnte noch Stunden spotten, er verstand nicht ein einziges Wort.

Und plötzlich stand sie da wie aus dem Nichts: *Martha my love.* Die Musik meiner kalten Tage. Die Melodie meiner Träume, der Rhythmus meines Pulsschlages. Wie ein Wetterumschwung war sie über uns gekommen. Ich blickte zu ihr auf und sah ihr glänzendes Haar. Der schwarze Wasserfall umfloß ihr feines Gesicht aus Elfenbein. Sie sagte etwas, aber ich hörte es nicht gleich. Ich sah nur ihre dunklen Augen funkeln und ihre runden Lippen wie Bluttropfen fallen. Sie schien enttäuscht zu sein, verärgert.

„Opa, du mußt deine Medizin nehmen! Und was sitzt du hier bei diesem Typen? Der verfolgt mich seit einer Woche. Komm ihm nicht zu nahe, der ist mir nicht geheuer."

O Martha, was redest du da? Sag das nicht, hörst du? Nicht so etwas. *Be good to me, Martha ... eight days a week,* mindestens.

Der Alte stützte sich auf seinen Stock, sie half ihm auf und bedachte mich mit einem eisigen Blick dabei. Dann zog sie ihn sanft in Richtung Haus.

„K-Keine Sorge, M-Maria", stotterte der Alte. „D-Der Junge hat etwas wirre A-Ansichten, a-aber sonst ist er, g-glaube ich, g-ganz in Ordnung. Er d-denkt nur zu viel, d-das ist sein Problem."

„Egal, ich mag ihn nicht."

Der Alte drehte sich nochmal um und schaute mich bedauernd an.

Ich spürte die Kälte zurückkommen. Ich schämte mich. Ich war traurig, wütend und enttäuscht. Maria. Sie hieß Maria. Und ich hätte gewettet, daß sie Martha hieß. Sie war ein Martha-Typ. Zu Maria hatte ich keine Melodie. Nichts, gar nichts, nicht einen Ton.

Als ich nach Hause trottete, waren die Beatles bei mir. Sie trösteten mich über meine verlorene Liebe hinweg, machten mir das Herz schwerer und leichter, beides. Sie konnten das, sie konnten alles:

„I'm a lu-uh-uuuhser ..."

Irgendeiner hatte behauptet, die Beatles hätten ein Beerdigungsinstitut gründen können, es wäre ein Erfolg geworden. Genau. Und ich ihr erster Kunde.

Aber nein, was dachte ich da? Martha war Pauls Hund. Sein verstorbener Hund. Sollte ich wegen eines Hundes heulen? Pah!

Und was würde aus Michelle werden? Aus Eleanor Rigby, Lovely Rita, Julia und all den anderen? *Another girl* ... Ich tänzelte in die Gottlieb-Himmel-Straße. Da gab es eine Lucy. Sie *war* Lucy, kein Zweifel! *Lucy in the sky with diamonds* ...

In dem grün-gelben U-Boot leben wir

von Sandra Zydek

Was ist besser als der endlos zählende Graf Zahl, der ständig schnarchende Professor Hastig oder die Frage „Willst du eine Acht kaufen?"

Nicht in Hamburg und nicht in der Abbey Road. Und eigentlich recht spät ...

Zum ersten Mal traf ich die Beatles in der Sesamstraße. Es war wahrscheinlich in den ausgehenden Siebzigern. Kurz nach sechs Uhr abends. Vielleicht hatte ich sogar schon Zähne geputzt. Ich trug einen orangefarbenen Schlafanzug und lag auf dem blauen Teppichboden im elterlichen Wohnzimmer, die Beine unter dem Glastisch ausgestreckt. Unsere Tapete zeigte ein großes, auffälliges Muster und wäre heute wahnsinnig stylish. Und in einem grün-gelben U-Boot lebten die fröhlichen, quietschbunten Gesellen aus der Sesamstraße. Zumindest für die Dauer eines Liedes. Ich freute mich über jede Wiederholung, meine Eltern freuten sich, daß ich mich freute, und sie amüsierten sich obendrein, denn sie kannten – im Gegensatz zu mir damals – bestimmt auch die Originalversion.

Was könnte schöner sein? „Alle Freunde sind an Bord", „Die Musik, die legt jetzt los", „Wir sind reich und leben froh, haben alles, was man braucht: weißen Schaum und grünes Meer, in dem U-Boot ringsumher." Denn: „In dem grün-gelben U-Boot leben wir ..."

Jahre später wäre ich dann vielleicht auch Kermit „Im Garten eines Kraken" begegnet, aber während meiner aktiven Sesamstraßenzeit ist er mir gar nicht über den Bildschirm geflimmert. Ich habe ihn verpaßt und erst zuletzt kennengelernt. Besaß der Song die Gnade der späten Geburt? Ein Krake strahlt einfach nicht die pure Lebensfreude eines grüngelben U-Boots aus!

„In dem grün-gelben U-Boot leben wir" war für mich selbstverständlich, die Frage, ob authentisch oder nicht, stellte sich nicht. Heute ist das Lied für mich die originellste Beatles-Adaption und die beste deutsche Fassung aller Zeiten. Es zaubert noch immer ein Lächeln auf mein Gesicht. Und nicht nur mir: „Kennst Du noch das grün-gelbe U-Boot?" – „Aus der Sesamstraße? Ja, klar!"

Kann man diesem frühen Videoclip keinen Oscar verleihen? Oder war der (aus der Mülltonne) vielleicht sogar mit an Bord?

Das grün-gelbe U-Boot ist Kult!

Es ist: ein wahrer Monsterhit!

Danke, Mama!
von Nils Dibbern

An einem sonnigen Herbstnachmittag des Jahres 1978 saß ich auf dem Rücksitz im Wagen meiner Eltern und lauschte voller Verzückung den Klängen, die aus dem Radio kamen.

Bis zu diesem denkwürdigen Tag hielt sich mein Interesse für Musik sehr in Grenzen, um nicht zu sagen, es war mir scheißegal, was die Großen so hörten.

Bei uns dudelte zu damaliger Zeit ständig irgendein Radio, und ich konnte mich der Dauerberieselung genausowenig entziehen wie dem Zigarettenqualm, den meine Erzeuger im ganzen Haus verbreiteten. Es war ihnen scheinbar gleichgültig, ob ich an Lungenkrebs starb oder an vorzeitiger Demenz zu Grunde ging, ausgelöst durch geistlose Schlagertexte, vorgetragen von hundeäugigen Interpreten in abartigen Kostümen.

Manche Erwachsene machen sich gegenwärtig ernsthaft Sorgen um Jugendliche, die *Tokio Hotel* oder *Rammstein* hören. Keiner hingegen verliert auch nur einen einzigen Gedanken daran, was Schlagertexte oder Volksmusik bei Kindern anrichten können.

Meine Eltern waren und sind – sorry, Mum & Dad! – ziemliche Ignoranten. So gingen meine Menschenrechte einfach den Bach runter. Mein Zimmer war schon damals so etwas wie Guantanamo heute, bloß ohne Bewachung und Gebetsteppiche.

Zugegeben, der Vergleich hinkt etwas, aber was würden Sie denken, wenn Sie ein hilfloser Abkömmling wären in einer Welt zwischen „O la Paloma Blanca" und „Hey, Boß, ich brauch' mehr Geld"?

Ich saß, ohne es zu ahnen, in der Falle! Ein Ausweg schien nicht in Sicht.

Bis zu jenem Herbstnachmittag im Auto meiner Eltern.

„Du, Mama, was is'n das da im Radio?"

„Zerr nicht so an der Kopfstütze, und setz dich wieder hin!"

Meine Mutter haßte es, wenn ich mich beim Fahren an den Dingern hochzog, um einen besseren Blick durch die Windschutzscheibe zu bekommen.

Meistens fuhr sie. Sie hatte die Hosen an bei uns und verursachte auch doppelt so viele Verkehrsunfälle wie mein Vater.

„Was is'n das jetzt?"

„Das sind die Beatles."

„Wer sind 'n die?"

„Das war die größte Band aller Zeiten."

In Bruchteilen von Sekunden war ich hellwach. Es war wie ein Reflex.

Die größte Band aller Zeiten – das hatte gesessen.

„Woher sind die?"

„Aus England. – Putz dir mal deine Nase!"

Der Ärmel mußte dafür herhalten. Schließlich befand ich mich gerade in der wichtigsten Recherche meines Lebens.

„Du, Mama, wie heißt 'n das Lied, das die da spielen?"

„Hörst du doch!"

„Mama, ich kann kein ausländisch."

„Englisch ist das."

„Kann ich auch nicht!"

Wer einmal die Ehre hatte, meine liebe Mutter kennenzulernen, wird sich stets daran erinnern, daß sie eigentlich immer alles wußte. Ein Umstand, der dazu führte, daß sich der Freundeskreis meiner Eltern in überschaubaren Größen hielt. Was die Isolation in meinem Guantanamo-Kinderzimmer zusätzlich verstärkte.

„Das ist *Ticket To Ride* oder so ähnlich."

„Mama, was heißt 'n das?"

„Ach, Mensch, paß doch auf, du Idiot!"

Ein Opel-Fahrer wagte tatsächlich zu hupen. Was für ein Frevler! Schließlich besaßen wir einen Mercedes 280 S in Weinrot, und dort wurde damals schon serienmäßig das Vorfahrtsrecht eingebaut. Jedenfalls ließ meine Mutter das jeden glauben.

Ich ließ nicht locker: „Was heißt 'n das jetzt?"

„Ach, da kauft einer ein Ticket für eine Reise oder so. Ich kann mich nicht mehr genau daran erinnern."

„Diese Beatles ... Wieso hast'n gesagt, das *war* die größte Band aller Zeiten?"

„Die haben sich aufgelöst."

Ich ließ mich ins Leder zurücksinken. Und ich dachte nach.

Was war das nur für eine Musik?

Warum gab es die Band nicht mehr?

Beatles ..?

Das erschien mir unfair: Gerade eben hatte ich etwas Faszinierendes entdeckt, und im selben Moment war es schon Vergangenheit. Böse Welt!

„Warum?" fragte ich.

„Warum *was*?"

„Haben die sich aufgelöst?"

„Was weiß ich … Die haben zehn Jahre lang Musik gemacht und hatten dann wohl genug davon. Anfangs waren die noch ganz gut, aber dann wurden ihre Songs immer schlechter!"

„Wann war das?"

Meine Mutter seufzte, und ihr entnervter Blick traf mich durch den Rückspiegel: „Was meinst du?"

„Na, wann haben die Beatles gespielt?"

„Das war, als ich zur Schule ging. Ich habe noch irgendwo auf dem Dachboden ein paar alte *Bravo*-Hefte, die kannst du dir ja mal angucken."

„Und warum wurden die dann immer schlechter? Du sagtest doch, es war die beste Band der Welt?"

She's got a ticket to ride, she's got a ticket to ri-hi-hide …, dröhnte es aus dem Radio.

Meine Mutter ignorierte die Frage und inzwischen auch die Musik … *and she don't care!*

Ein paar Tage später mußte ich …

Verzeihung, ich fange den Satz nochmal an: Ein paar Tage später durfte ich meine Mutter wieder beim Wochenend-Einkauf begleiten. Wir fuhren zum Supermarkt mit dem großen A über der Eingangstür.

Inzwischen hatte ich dank der umfangreichen Jugendlektüre vergangener Tage herausgefunden, daß die Beatles aus John, George, Paul und Ringo bestanden und daß John der Boß von denen war, Paul die besseren Songs schrieb, George am besten Gitarre spielen konnte und Ringo einfach nur süß war.

Letzteres hat sich mir bis heute nicht erschlossen!

Kurz vor Ende der samstäglichen Tortur tat sich im Kassenbereich eine kleine Insel auf. Inmitten hektischer Betriebsamkeit, in der hysterische Erwachsene mit irren Blicken und schweißüberströmten Gesichtern übervolle Einkaufswagen vor sich her trieben, als wollten sie ein Rennen gewinnen: ein Eiland namens Plattenständer!

Hm …, ich bin mir jetzt nicht sicher, ob das Wort „Plattenständer" vielleicht zu respektlos erscheint angesichts der großen Freude, die mir solche Dinger im Leben noch bereiten sollten.

Anyway, meine Mum blieb wie immer davor stehen und blätterte die Alben durch. Manchmal landete auch eines in unserem Karren: Nana Mouskouri, Howard Carpendale, James Last und … hey, auch mal 'ne Platte von Elvis! Aber dazu kam es diesmal nicht.

„Schau, hier ist sogar was von den Beatles!"

„Zeig her."

„Kennst du sowieso nicht."

Meine Mutter gab mir das Album rüber.

Ich war enttäuscht. Ein fast weißes Cover mit irgendwelchen Bleistiftkritzeleien und eingeklebten Fotoresten. Na toll!

Revolver, davon hatte ich nichts in den alten *Bravos* gefunden. Ob das eine von diesen Platten war aus der Zeit, in der die Beatles nicht mehr so gut waren?

Ja, so mußte es sein, warum sollte sie sonst in einem Billigsupermarkt im Regal stehen?

Aber wer sollte sie denn hier kaufen wollen? Doch nicht etwa die schwitzenden, einkaufswagenschiebenden Erwachsenen mit den irren Blicken? Für meine Mutter kam so etwas natürlich ebenfalls nicht in Frage, geschweige denn in den rollenden Korb.

„Kann ich die haben?"

„Dann mußt du sie aber selber bezahlen!"

„Wovon denn?"

„Ich zieh's dir die nächsten Monate vom Taschengeld ab."

Das war ein guter Deal, da mein Taschengeld oft für Strafmaßnahmen herhalten mußte und sowieso meistens gestrichen wurde.

Eigentlich hatte ich immer viel Glück im Leben, und einer der glücklichsten Momente war der Kauf meiner ersten Schallplatte, The Beatles – Revolver.

Eine Platte aus einer bewegten Zeit von einer Band im Umbruch für einen Jungen im richtigen Alter. Oder, um es mit den Worten von Heinz-Rudolf Kunze zu sagen: *Ein Notausgang für 'n kluges Kind*!

Und mehr noch, es war der Übergang in eine neue Welt. Das Ende aller Hörspielkassetten und der Anfang von Popmusik in meinem Dasein. Rückwärts abgespielte Gitarren, elektronische Möwenschreie, hypnotische Sitarklänge, zum Heulen schöne Balladen, das ekstatische

Solo in „Taxman", Titel wie „Doctor Robert" und „And Your Bird Can Sing" – davon wurde man high, ohne auch nur zu ahnen, daß Gras keineswegs etwas war, das nur die Herzen spießiger Kleingärtner höher schlagen ließ.

Und es wartete so vieles darauf, entdeckt zu werden: *Pink Floyd, Police, Bruce Springsteen, The Who* ...

Was wäre ich heute ohne die Fab Four? Ohne diesen einen magischen Moment im Herbst 1978?

Wenn ich nur an all die armen Schweine denke, deren erste Platte von *Smokie*, den *Teens, Boney M* oder gar der Soundtrack zu *La Boum* gewesen ist. Brrr ...!

Ich hatte wirklich viel Glück!

Danke, John! Danke, George! Danke, Paul! Danke, Ringo!

Danke, Mama!

Leaving Home
von Janna Ramm

Mittwoch morgen, um fünf Uhr, als der Tag begann, schlich Ina aus dem Haus. Ein dünnes Nebeltuch spannte sich im Licht der ersten Sonnenstrahlen über die Spielwiese auf der anderen Straßenseite. Die Sommerluft tupfte Rosa, Zartgelb und Blau an den östlichen Himmel, weichte Formen auf und ließ Ina schaudern.

„Das ist kitschig", murmelte sie und ging langsam, dann immer schneller in Richtung Bushaltestelle. Das Gewicht des Rucksacks zog an ihren Schultern. Hinter dem Herzklopfen konnte sie die Stimme von Paul McCartney hören.

Wahrscheinlich würden ihre Eltern gar nicht merken, daß sie verschwunden war. In Inas Kopf schallten die ewig gleichen Rufe ihrer Mutter: „Lena – Karla – Pia – Ina, komm doch mal eben!"

Diese hatte es sich seit langem angewöhnt, die Namen der Töchter abzuspulen. Eine würde schon Zeit haben. Ina war die jüngste und mußte meistens springen. Manchmal wußte sie nicht, ob ihre Mutter die vier Namen sagte, um ihre Chance zu vergrößern, daß ihr jemand half, oder weil sie vergessen hatte, welcher Name zu welcher Tochter gehörte.

Es würde sicher nicht auffallen, daß Ina fort war. Es interessierte sich doch auch niemand für ihre Schulnoten, egal ob sie gut oder schlecht waren.

Gestern hatte sie ihre Eltern getestet: „Ich bleibe wahrscheinlich sitzen. Ich glaube, ich kriege zwei Fünfen. In Mathe und Englisch." Das waren ihre beiden Lieblingsfächer, und sie spekulierte auf Einsen. Für einen aufmerksamen Zuhörer eigentlich ein Grund, stutzig zu werden.

„Ach, Pia – Ina", verbesserte sich Mama, „vielleicht schaffst du es ja noch. In Englisch?"

Für einen Moment hoffte Ina, daß Mama den Test bestehen würde, aber dann folgte ein Seufzen: „Und wenn schon, das ist nicht das Ende der Welt."

„Wir haben dich trotzdem lieb", hatte Papa ergänzt.

Vielleicht würde er es heute abend zuerst merken. Morgens ging sowieso alles drunter und drüber, da fiel es nicht auf, wenn jemand fehlte. Von mittags bis abends verfolgte jeder sein eigenes Programm, und keiner achtete auf den Terminplan, der neben dem Kühlschrank hing. Vor einem Monat hatten sie den Vater vermißt, der vergessen hatte, eine zweitägige Dienstreise einzutragen – aber Papa war Papa. Nicht zu verwechseln, und wer ihn ansprach, leierte nicht gleich eine Handvoll Namen herunter.

Auch Inas Schwestern gelang es oft, sich bemerkbar zu machen. Als Karla neulich auf einer Fete versumpft war, hatte es sogar ein Donnerwetter gegeben. Karla spielte gern die Trotzige und wußte, wie man sich in Szene setzte. Lena war die Älteste und Klügste und allein deshalb nicht zu übersehen, Pia auffallend hübsch und bis über beide Ohren verliebt. Ina dagegen? – Nichts Besonderes. Unauffällig und klein.
   Manchmal nannte Papa seinen Nachwuchs „Octopus's Garden". Wenn er heute abend wieder einmal auf die alberne Idee kam, die Arme seiner Töchter zu zählen, würden es zwei weniger sein.

Ina rutschte tiefer in den Bussitz und starrte vor sich hin. Sie war nicht naiv. Sie wußte, daß sie nicht einfach weglaufen konnte. In zwei oder drei Tagen müßte sie wieder nach Hause gehen. Bis dahin wollte sie in der Jugendherberge übernachten.
   Sie hoffte, daß die Familie nach ihr suchte. Daß jemandem ihr Verschwinden auffiel. Gleichzeitig befürchtete Ina, daß sich das Gegenteil erweisen würde.

Sie mochte jetzt nicht darüber nachdenken. Sie war hinausgetreten: „Stepping outside – she is free".
   Es war alles ganz anders. Das Lied paßte nicht. Es hatte ihr nur Mut gemacht, sich ein paar Tage Freiheit zu nehmen. Ina lehnte sich an den Rucksack, der neben ihr stand. Sie würde am anderen Ende der Stadt schwimmen gehen, damit sie niemanden traf, den sie kannte. Vielleicht in den nächsten Ort fahren. Vielleicht neue Leute kennenlernen. Nette Leute, die nicht erst drei andere Namen sagten, bevor sie auf „Ina" kamen.

Nach einer Dreiviertelstunde Busfahrt stieg sie aus und machte einen Spaziergang am Wald entlang. Sie sang Beatles-Lieder. Als sie das

Zittern in ihrer Stimme spürte, brach sie ab und lauschte dem Vogelgezwitscher, dem Windrauschen in den Bäumen.

Um wieder leichter atmen zu können, summte sie „Eleanor Rigby". Sie setzte sich auf einen großen Stein am Rande eines Baches und holte ihr Frühstück heraus: eine Flasche Kakao und zwei Müsliriegel. Plötzlich mußte sie über sich selber lachen. Sie hatte keinen Brief geschrieben. Niemandem etwas gesagt. Es würde gar nicht auffallen, wenn sie es sich anders überlegte und nicht verschwand.

Sie ging schwimmen wie geplant; danach fuhr sie in die Stadt. In der Fußgängerzone fand sie ihn bald: den jungen Mann mit der Gitarre, der hauptsächlich Stücke von den Beatles spielte. Ina gab sich einen Ruck und ging auf ihn zu. Wie Paul McCartney hatte er große, dunkle Augen, mit denen er sie anzwinkerte.

„Möchtest du mitmachen?"

In den nächsten Stunden sang Ina alles heraus: ihre Sehnsucht nach Freiheit und Liebe, die Freude an schönen und albernen Dingen – alles, worüber die Beatles ihre Lieder geschrieben hatten. Zuletzt stimmte sie mit Peter das Lied an, das sie noch loswerden mußte: „She's Leaving Home".

Als sie abends zu Hause ankam, stritten Karla und Lena in der Küche miteinander, und Pia übte im Wohnzimmer Querflöte.

Papa rief: „Nun ist aber mal gut", warf Ina einen Blick zu und runzelte die Stirn. „Ach, da sind ja meine zwei letzten Arme. Ich hoffe, du machst nicht auch noch Krach."

„Alles klar, Lena – äh – Ina?" fragte Mama, die aus dem Bad kam.

„Nein. Ich habe euch angeschwindelt. Ich kriege wahrscheinlich eine Eins in Englisch. Und in Mathe auch."

„Ach ... in Mathe?"

„Wir haben dich trotzdem lieb", meinte ihr Vater.

„Und ich habe heute den ganzen Nachmittag in der Fußgängerzone Musik gemacht. Und vormittags die Schule geschwänzt."

„Daß mir das aber nicht einreißt", sagte er.

„Lena – Karla – Pia – Ina, kannst du mir mal gerade helfen?"

Ina nickte erst, schüttelte dann den Kopf und lachte. Dann ging sie singend zu ihrer Mutter ins Bad: „I'd like to be – under the sea – in an octopus's garden ..."

Komm, gib mir deine Hand

von Elke Schleich

„Sag mal, wie findest du den Werner?"

„Ganz in Ordnung, warum?"

„Nur so." Ich merkte, wie meine Wangen heiß wurden, wie immer, wenn ich nicht die Wahrheit sagte. Hoffentlich bekam Marlis nichts mit.

Aber da sah sie mich schon so komisch von der Seite an: „Haste dich in ihn verknallt?"

„Nein!" Eine Spur zu schnell und zu laut. Mein Gesicht glühte. Mist!

Sie lachte.

Nach einer Weile, während der wir schweigend den Heimweg von der Schule fortsetzten, fragte ich doch, denn schließlich war Marlis meine beste Freundin: „Würdest du denn mit ihm gehen?"

„Nee, da müßte schon ein anderer kommen." Es klang ein bißchen verächtlich, so kannte ich sie gar nicht. „Du vielleicht schon, was?" fügte sie hinzu.

„Ich hab' doch gesagt, daß ich nicht verknallt bin."

Ende. Aus. Neues Thema, bitte!

Ich war vierzehn und besuchte mit Marlis die letzte Klasse der Comenius-Hauptschule in Schalke. Wir taten auch sonst vieles gemeinsam. Die Hausaufgaben erledigten wir mal bei mir, mal bei ihr. Danach waren wir meist draußen. Zwar spielten wir nicht mehr Fangen oder Verstecken, aber Rollschuh liefen wir immer noch gern. Marlis wohnte gleich nebenan, in dem verschachtelten, großen Altbau, den alle nur „Eiskeller" nannten. Dort lasen wir manchmal die *Bravo*, auf der Treppenstufe zum Hof sitzend. Das konnte man selbst bei Regen, von einem Vordach über dem Eingang wunderbar geschützt.

Vor ein paar Wochen war Werner mit seinen Eltern in das Hinterhaus des „Eiskellers" gezogen. Ein Junge mit schmalem Gesicht, Sommersprossen und rotblonden Haaren. Er erhielt in unserer Klasse einen Platz hinten, in der letzten Reihe; man bemerkte ihn kaum. Dennoch verbreitete sich in Windeseile das Gerücht, daß er in einem Kinderheim gewesen sei. Er habe „asoziale" Eltern, hieß es. Ich konnte mir nichts Konkretes darunter vorstellen, und auch Marlis wußte nichts Genaues. „Vielleicht saßen die mal im Knast", mutmaßte sie.

An einem Sonntagnachmittag tauchte dann Werner im Hof auf.

Marlis und ich hatten eigentlich Gummitwist unter Zuhilfenahme eines Ascheneimers spielen wollen, ließen aber jetzt davon ab. Wir waren viel zu neugierig auf den neuen Nachbarn.

Mir gefiel Werners zurückhaltende Art. Jungen seines Alters waren ansonsten albern oder spielten sich auf. Es schien mir, als würde ich ihn schon lange kennen.

Er interessierte sich für Tiere – genau wie ich. Und er las gern – ich ebenfalls. Bald lieh ich ihm meine Lieblingsbücher, angefangen bei „Der schwarze Hengst Bento" bis hin zu „Krambambuli". Wir hatten immer Gesprächsstoff.

„Ihr mit euren Viechern ..!" Marlis stöhnte und verdrehte die Augen. Werner und ich sahen uns nur an und lachten.

Aber dann sagte er eines Tages: „Ich hab' mir 'ne neue Schallplatte gekauft. Magst du die mal hören?"

Es kam so unerwartet; ich wußte nicht, was ich antworten sollte.

„Sie ist von den Beatles."

„Aha, und welche?"

„Ich spiel' sie dir vor. Meine Alten sind nicht da."

„Sollen wir nicht auf Marlis warten? Sie ist nur zum Einkaufen."

„Marlis kann sie später immer noch hören", meinte er. „Ach, komm doch, dauert ja nicht lange", und schaute mich so lieb aus braungrünen Augen an.

Also fand ich mich auf einer durchgesessenen Couch wieder, in einem Wohnzimmer mit halb abgerissenen Tapeten und verschlissenem Teppich. Es roch nach abgestandenem Essen und kaltem Rauch. Ich versuchte, so unauffällig es ging, möglichst flach zu atmen. Werner holte aus seiner Schultasche die Platte und hockte sich vor die Musiktruhe, die im Gegensatz zum sonstigen Mobiliar erstaunlich neu wirkte. Er führte die Nadel auf die schwarze Scheibe.

Eine hämmernde Einleitung. Die ersten Töne kamen mir bekannt vor, aber dann:

O ko-omm doch, komm zu mi-i-ir ...

„Das ist ja deutsch!" rief ich überrascht aus.

Werner legte einen Finger an seine Lippen.

Noch immer erstaunt, lauschte ich den Stimmen der Beatles. Sie klangen ungewohnt, aber endlich verstand ich mal einen ihrer Texte.

O ko-omm doch, komm zu mi-i-ir, komm, gib mir deine Hand!

Werner hatte sich neben mich gesetzt. Ich merkte, daß er mich ansah. Und *wie* er mich ansah! Ein Gefühlschaos aus Schreck, Freude und Angst durchfuhr mich. Ich starrte geradeaus, wagte nicht mehr, zu ihm hinüberzuschauen.

Die Beatles sangen unverdrossen ihr unschuldiges Lied weiter.

O du-u-u bist so schö-ö-ön, schön wie ein Diamant.
Ich wi-i-ill mit dir ge-e-eh'n, komm, gib mir deine Haaand!

Fand Werner mich etwa schön? Wollte er mit mir gehen?

Und nahm er, um Gottes willen, vielleicht gleich wirklich meine Hand ..?

Mit dem letzten verklingenden Ton sprang ich auf, stotterte etwas davon, daß ich nach Hause müsse, Hausaufgaben machen, und floh aus der Wohnung.

Ja, Werner mochte mich, das wurde mir bald ziemlich klar, und anderen fiel es ebenfalls auf. Da war der Tag am Rhein-Herne-Kanal. Zusammen mit meiner großen Schwester und ihrem Freund waren Marlis, Werner und ich hingeradelt und hatten es uns an der Uferböschung auf zwei Decken bequem gemacht.

„Soll ich uns den Schwimmreifen aufblasen? Dann können wir beide den Kopf drauf legen."

„Nee, laß man. Ich will lieber sitzen", wehrte ich Werners Vorschlag ab und sah der „Graf Bismarck" hinterher, die mit Kohlen beladen, tief im Wasser liegend, vorbeigezogen war.

Marlis neben mir grinste. „Ich geh' schwimmen", sagte sie. „Werner, kommst du mit?"

„Nöö, ich bleib' hier."

Das Grinsen in ihrem Gesicht wirkte merkwürdig eingefroren, als sie aufstand.

„Da kommt der Eismann! Ich hol' uns mal was, ja?" Werner suchte bereits sein Portemonnaie. „Wie immer Vanille und Schoko?" fragte er mich.

„Ja, aber ich bezahl' selbst."

Doch er war schon aufgesprungen.

„Der ist ja süß", bemerkte meine Schwester, und ich wußte nicht, ob ich mich freuen oder ärgern sollte. Einerseits genoß ich es, umworben zu werden, andererseits schämte ich mich. Vor allem vor Marlis.

Komm, gib mir deine Hand. Immer wieder hörte ich diese Liedzeile, nicht nur, wenn der Song im Radio gespielt wurde. Die Beatles sangen ihn fortwährend in meinem Kopf.

Was wäre denn, wenn ich ihm meine Hand gäbe, wenn wir miteinander gehen würden? Würde er mich küssen? Ein leichter Schauer lief über meinen Rücken. Bloß nicht, rief ich mich zur Räson. Alles, was mir die *Bravo* zum Thema Küssen verraten hatte, tat sich in erschreckenden Bildern vor mir auf. Nein, ich konnte das nicht. Niemals!

Werner hingegen war weiterhin rührend um mich bemüht. „Hier, die hast du noch nicht", sagte er und zog eine Papiertüte aus der Tasche. Tierpostkarten waren darin.

Mein Herz wollte ihm zufliegen, energisch hielt ich es zurück.

Und schon war Marlis da. „Oh, was hast du denn da bekommen?" Allein ihr Tonfall! Ich hätte mich am liebsten unsichtbar gemacht.

Es kam mein Geburtstag, der 20. Juli. Werner hatte ein Geschenk für mich, bei dessen Herstellung Marlis behilflich gewesen war. Ein emailliertes Herzchen am Lederband, auf der Rückseite war ein Name eingraviert. Sein Name.

Er gab es mir, etwas verlegen, in seiner zugleich freundlich-zurückhaltenden wie selbstverständlichen Werner-Art. Marlis beobachtete uns.

Ich hielt das Herz mit spitzen Fingern wie ein häßliches Insekt. „Das will ich nicht", sagte ich leise.

„Was hast du denn?" fragte meine Freundin. „Das ist doch klasse, mach's mal um!"

„Nein."

„Aber es ist doch …"

„Ich werde es nicht umtun. Hier!" Ich hielt ihr die Schachtel samt An-
hänger entgegen.

„Aber es war eine Menge Arbeit, und …"

„Mir egal!" Mit hochrotem Kopf funkelte ich sie an. „Was Besseres
hättet ihr euch nicht einfallen lassen können, was?"

Erst dann dachte ich an Werner, der dabeistand, den Blick von mir
abgewandt.

Mein Gott, warum tat ich das nur? Wem wollte ich etwas beweisen?
Marlis? Mir?

Ich drehte mich um und lief fort. Das Herz war zu Boden gefallen.

Mit jenem Tag änderte sich alles. Werner suchte nicht mehr meine
Nähe. Anfangs war ich erleichtert, aber bald tat es mir leid. Wem sollte
ich jetzt die neuesten Schätze meiner Tierbildsammlung zeigen, mit
wem das Nest der Amsel im Holunderbusch anschauen gehen?

Er fehlte mir. Zumal auch Marlis wegen eines Ferienjobs kaum Zeit
für mich hatte.

So war ich froh, die letzten beiden Wochen der Sommerferien mit
meiner großen Schwester bei Tante Hella im Erzgebirge verbringen zu
können. Ihre fünf kleinen Kinder und die zwei zur Familie gehörenden
Hunde sorgten dafür, daß die Beatles seltener ihr Lied in meinem Kopf
sangen, von *Radio DDR* ganz zu schweigen.

Braungebrannt kehrte ich nach Hause zurück, im Gepäck je ein handge-
schnitztes Räuchermännchen für Marlis und Werner. Sie sollten so
etwas wie Versöhnungsgeschenke sein. Gleich am ersten Abend nahm
ich die Schachteln und ging hinüber zum „Eiskeller". Marlis sei
draußen, erfuhr ich von ihrer Mutter. Kein Wunder, es war warm und
lange hell – eben August.

Ich fand sie hinter dem Haus, auf der Treppe. Nicht allein, Werner saß
neben ihr. Sein glattes Haar war länger gewachsen und erinnerte mich
an die Frisuren der Beatles. Es stand ihm gut.

„Hallo", sagte ich, langsam näher schlendernd. „Bin wieder da."

„Hallo", kam die zweistimmige Antwort.

Erst jetzt sah ich die Zigarette in Marlis' rechter Hand. Sie nahm einen
Zug. „Ich dachte, du wolltest nie rauchen", entfuhr es mir, und ich blieb
vor den beiden stehen.

„Tja …" Sie zuckte die Schultern. „Man soll nie nie sagen."

Etwas ist anders, dachte ich. Ist sie mir noch böse? Schließlich hatte sie sich mit ihrem Emailleofen viel Mühe für dieses dämliche Herz gemacht.

Hilfesuchend schaute ich zu Werner.

Erst dann wurde ich gewahr, daß nichts mehr so sein würde wie bisher:

Ihre Hand lag in seiner.

Zungenkuß

von Christiane Weber

Auf meiner Liste möglicher Ehegatten stand in den siebziger Jahren Franz Beckenbauer an erster Stelle. Für den Libero meines Herzens hätte ich umgehend das Elternhaus verlassen und wäre mit Wellensittich Cipi nach München gezogen. Kurz hinter Franz rangierten John Lennon und Paul McCartney. George und Ringo ignorierte ich. Der sensible Paul wirkte verletzlich und erinnerte mich an ein angeschossenes Reh. John gab sich rebellisch und sanftmütig, eine Mischung, die ihn sehr anziehend machte. An manchen Tagen lag ich im Bett und stellte mir vor, wie schön es wäre, mit Paul oder John eng aneinandergekuschelt auf dem Sofa zu sitzen. Stundenlang würden sie mir *„She loves me, yeah, yeah, yeah"* vorsingen und poetische Liebeserklärungen ins Ohr flüstern.

Platz vier beanspruchte Ludger, unser Klassensprecher und leidenschaftlicher Rolling-Stones-Fan. Weil er direkt vor mir saß, konnte ich seine wilde, blonde Lockenpracht ausgiebig betrachten. Er war gut erzogen, lustig und trug stets karierte Hemden. Aber was hatte er schon zu bieten? Immerhin würde ich bald durch keinen anderen als Franz in die Münchener Schickeria eingeführt werden. Allerdings mußte mein Libero noch auf mich warten, zur Volljährigkeit fehlten mir ja zwei Jahre. Nun gut, fürs erste also Ludger!

Doch er beachtete mich kaum. In den Pausen kickte er mit dem schielenden Uwe und der dürren Maren. Er lachte gerne mit Hermann, dem Spießer, und rauchte verbotenerweise Zigaretten auf dem Klo. Und weil er mich ignorierte, fand ich ihn noch interessanter.

Mein Alltag spielte sich damals zwischen Schule, Radfahren und wöchentlichem Gitarrenunterricht ab. An manchen Abenden saßen meine Freundinnen und ich in meinem Zimmer, das aussah wie die Geschäftsstelle des FC Bayern im Miniaturformat. Poster, Wimpel und Autogrammkarten an den Wänden zierten mein kleines Reich. Wir die Beatles, tranken schwarzen Tee aus Steingutbechern, aßen selbstgemachte Marmelade auf dicken Brotscheiben. Unzählige Teelichter flackerten im Halbdunkel des Raumes. *Paperback Writer, When I`m*

Sixty Four, Get Back: Jede Textzeile, jeden Refrain konnten wir auswendig. Ich war Paul und spielte meine Gitarre mit links, Uli war John, und die anderen machten den Backgroundchor.

Im Sommer 1977 fuhr ich mit meiner Klasse in das schöne Weserbergland. Kichernde Teenager, Parka, Bürste in der vorderen Tasche, strubbelige Haare, knallenge Jeans. Folkloreblusen, Trockenshampoo für die Haare.
   Die Welt gehörte uns!

Am ersten Abend in der Jugendherberge ging um zehn Uhr das Licht aus und der Spot an. Heimliches Treffen mit den Jungs. Eckehard schaltete seinen Sony-Kassettenrecorder ein. Eine Flasche Tequila machte die Runde, ich entdeckte Ludger. Er saß neben der dürren Maren auf dem Fußboden und rauchte. Ich schwitzte, nahm wieder einen Schluck aus der Riesenflasche. Mir wurde schwindelig, ich lachte. Er sah mich an. Ich mußte mich an Heike festhalten, sonst wäre ich umgekippt, schwankte weiter und ließ mich neben ihm nieder. Mein Frotteeoberteil war inzwischen naß. Und da sang Paul mit wehmütiger Stimme *The Long And Winding Road*. Ich seufzte, trank und fühlte eine plötzliche Leichtigkeit. Wie in Zeitlupe sah ich Ludgers Finger auf meinem Arm auf- und abwandern. Sein Gesicht kam näher, roch nach Pfefferminz und Rasierwasser. Ludgers Lippen berührten meine. Ich schloß die Augen, spürte seine Zunge. So schnell hatte ich nicht mit diesem Vorstoß gerechnet! Ich atmete durch und setzte entschlossen zum Gegenangriff an. Für einen Moment schienen unsere Zungen miteinander zu tanzen, um dann wieder auseinanderzugehen. Ludger ließ mich los, erschöpft lehnte ich mich an die Wand. Das war er also, der erste Zungenkuß meines Lebens.

Ich blickte mich um, nichts hatte sich verändert. Doch meine kleine Welt hielt für einen Moment den Atem an.

einiges vor 69
von Manfred Pricha

sie drehten sich um
wie alte schallplatten
in ihrem spiel mit nadel und rille
69 nannte man dies
was ich damals noch nicht wusste
aber es war die zeit dafür
ein stapel schallplatten
mit einem wechselarm
die nacheinander durchfielen
wie die musik mit einem klack
wenn sie zu ende war
kratzte es im lautsprecher
deutsche schlager auf zwei seiten
bis alle abgenudelt waren
und eines tages hakte es gewaltig
in einem unerwarteten moment
wurden sie rausgeschmissen
die abgegriffnen schätzchen
in bausch und bogen
6 oder 9 auf dem präsentierteller
(weiß ich nicht mehr so genau)
und danach begann die herrliche zeit
der beatles yeah yeah yeah
und alles lief am schnürchen
mit dem neuen cassettenrecorder

„Cos I'm not gay, motherfucker!" [1]
Text, der Beatles und Fußball einander näherzubringen versucht
von Christian Perko

Folgendes Szenario: Eine Sommerlandschaft in der Bergwelt Rumäniens, blühende Wiesen, die Vögel zwitschern, von ferne Kuhglocken. Draußen Dämmerung. Drinnen: eine Berghütte, fahles Licht.

Herein kommt Depta, der hier auf ein Stelldichein mit der Frau des Schafhirten hofft, jedoch auf einen Bären trifft, ihn auf Grund der Umstände aber nicht als solchen erkennt – auch weil die Bärensilhouette sehr der Schafhirtenfrauensilhouette gleicht –, und daher beginnt, den scheuen Allesfresser (Bär) kumpelhaft zu knuffen, worauf dieser dem scheuen Allesfresser (Depta) ins Ohr brüllt, der infolgedessen einen Hörsturz erleidet. Da die medizinische Versorgung in Rumänien bei allem Wohlwollen höchstens rudimentär zu nennen ist, bringt er sein Ohrenleiden mit nach Hause und ist von nun an so gut wie taub. Blind ist er ebenfalls. Und ein Grobmotoriker vor dem Herrn.

So machen wir uns einen Scherz mit ihm. Statt ihn mit zum Fußball zu nehmen, führen wir ihn an den Rand einer Baugrube, sagen ihm, hier sei das Stadion, und gehen dann ohne ihn in selbiges. Von weitem sehen wir ihn noch seine bescheuerte Energie-Cottbus-Fahne („Hier stürmt der Osten") schwenken wie wild. Traurig, aber lustig! Als wir ihn nach Spielende abholen, steht er gerade vor einem verrotteten Bauwagen, um ihm eine Botschaft mitzuteilen, die da lautet: „Eine Wurst, bitte, nun aber mal flott, mein Fräulein!"

Wir schleifen ihn mit, um ein Bier zu trinken in der „Marie", einer übel beleumdeten Kaschemme in Bahnhofsnähe. Hier verbleiben wir, bis wir hackedicht gesoffen sind. Zum Schlafen dann zu Marko, dessen gesamtes Inventar aus Beatlesdevotionalien besteht. So nächtigen wir auf Beatlesbüchern, zugedeckt mit Beatlespostern, jeder ist ein anderer!

Haxel: Ringo Starr, Marko: George Harrison, Depta: John Lennon, ich: der vierte, keine Ahnung, wie der heißt.

---

[1] *John Lennon auf die Frage, warum er nicht Fußball spiele*

So kommt es, daß John Lennon stark übergewichtig ist und nicht Sachen von sich gibt wie: „Give peace a chance!", sondern: „Ihr müßt ganz tief sprechen, damit ich euch verstehen kann." Auch ansonsten geht er ganz auf in seiner Rolle als unterbelichteter Pilzkopf. Als ich zum Beispiel zu ihm sage (im Scherz, mit tiefer Stimme): „Du, John, George hat mit Yoko gevögelt!", haut er dem verdutzten Marko gleich eins in die Fresse. Das hat dieser nicht verdient, hat er uns doch Quartier gegeben in der Not, bei allen anderen war gerade die Oma zu Besuch.

Deptas Lennontransformation nimmt derweil beängstigende Ausmaße an. Nur mit Mühe halten wir ihn davon ab, mit seiner Luftgitarre das Dach zu entern. (Es würde unter ihm einstürzen, er ist sehr fett, Lennon hin, Lennon her.) Nun möchte er zum Meditieren zu einem gewissen „Tittenhorst", wer immer das ist. Dann wieder beschuldigt er uns, ihm Geld gestohlen zu haben, oder aber probiert, unseres zu stehlen. Will er nicht zu Tittenhorst oder Groschen stibitzen, legt er sich ins Bett und belehrt uns stundenlang mit seiner Allerweltsphilosophie.

Wir besorgen ihm, was Markos Haushalt an Drogen hergibt, nur es nutzt nichts, John Lennon erweist sich als resistent gegenüber Doktor Hoffmanns Pillen. Mit Gras brauchen wir ihm erst gar nicht zu kommen. So greifen wir zum Äußersten: Wir schicken ihn runter, Bier holen, in dem sicheren Wissen: Entweder der Irre reist nach Indien, oder ein anderer Irrer erschießt ihn. Auf jeden Fall kommt der Dicke so schnell nicht wieder!

Mit einem freundschaftlichen „Und geh' mal zum Friseur, du Hippie!" entlassen wir ihn in eine Welt, die nicht wir gemacht haben, sondern Gott, diese miese kleine Ratte.

Hi-Hi-Hilfe!

von Ansgar Bellersen

An einem bitterkalten Januartag saß ich in „Mo's Seafood", einem leicht heruntergekommenen Lokal am Leicester Square, und blätterte, in Gedanken versunken, im *Daily Mirror*.

Den Neuanfang in England hatte ich mir anders vorgestellt. Erwartungsfroh, musikverrückt und ohne einen Schimmer, wie ich mein Leben auf der Insel organisieren sollte, war ich hergekommen, bereit, ins Swinging London einzutauchen. Ich nahm mir ein Zimmer in der Nähe der Marylebone Road und verdiente meine Brötchen mal hier, mal da. Dann war ich den letzten Job in einem Kiosk los, und meine Geldreserven hatten bald einen bedenklichen Tiefstand erreicht. Nur durch die Gitarrenstunden, die ich viermal wöchentlich gab, kam ich einigermaßen über die Runden.

Kein schöner Jahresausklang und ein erbärmlicher Start ins neue Jahr 1968. So schien es jedenfalls. Als ich nun die Seite mit den Stellenanzeigen erreichte, blieb mein Blick an einem kleinen Inserat hängen: *Bürohilfe per sofort gesucht, Trident Studios, 17 St. Anne's Court, Soho.* Klang nicht übel. Was mochte das sein? Ein Filmstudio oder sogar … ein Tonstudio? Die Aussicht, möglicherweise in der Musikbranche arbeiten zu können, weckte meine Lebensgeister.

Schon am Nachmittag hatte ich einen Termin für ein Vorstellungsgespräch. Ich hätte dem Personalchef um den Hals fallen können, als er mir die Hand schüttelte und sagte: „Dann sehen wir uns morgen um acht Uhr."

Trident war ein relativ kleines, aber modernes Unternehmen mitten in Soho. Im Gegensatz zu vielen anderen Studios, die in den sechziger Jahren wie Pilze aus dem Boden schossen, wurde hier bereits mit acht statt mit vier Tonspuren gearbeitet. Von all dem, was hinter dem Kontrollraum passierte, bekam ich kaum etwas mit. Ich war ständig auf Achse, um Botengänge zu erledigen. Im Mai fiel mir allerdings die komplette Geschäftspost aus den Händen, als *The Move* durch die Eingangstür kamen. Im Schlepptau hatten sie einen schlaksigen, dunkelhaarigen Jüngling: Jimmy Page von den *Yardbirds*. Meine erste Begegnung mit richtigen Popstars! Tridents Vorzüge sprachen sich offensichtlich herum.

Am 30. Juli herrschte eine aufgekratzte, fast hysterische Stimmung, und ich hatte keine Ahnung, wieso. Völlig ratlos wandte ich mich an meine Chefin Loretta Martin. In pseudo-konspirativem Ton raunte sie mir zu: „Morgen kommen die Beatles …"

Mit offenem Mund starrte ich Mrs. Martin an. Die Beatles bei uns in Soho? Das war unfaßbar, nein … gigantisch! Nur mit äußerster Mühe konnte ich bis zum Feierabend an etwas anderes denken.

Am nächsten Morgen fiel mir am Frühstückstisch auf, daß mein Küchenkalender immer noch den 26. Juli anzeigte. Ich hatte vergessen, die Blätter abzureißen, wie so viele andere Dinge … Die Spüle stand voll, auf dem Boden lagen unzählige Krümel, das Altpapier nahm die Form eines ansehnlichen Turmes an, und neben dem Kühlschrank hatte sich eine bunte Mischung leerer Bierflaschen unterschiedlicher Hersteller angesammelt. Aber das war jetzt egal. Ich riß alle Kalenderblätter ab, bis ich den 31. Juli erreichte. Diesen Mittwoch würde ich so schnell nicht vergessen, das war mir in jenem Moment klar!

Auf dem Weg zu Trident dachte ich in der Tube über die Beatles nach. Seitdem ich in England lebte, hatte ich unerwartet wenig von ihnen mitbekommen. Anfang des Jahres las ich aber, daß sich die Gruppe zum Meditieren nach Indien begab. Spätestens bei „Within You Without You" vom letzten Album stand für mich fest, daß das alles keine Masche, kein Werbe-Gag war. Sie nahmen das sehr ernst, obwohl ich meinte, mich erinnern zu können, daß Ringo Starr von dieser Reise nicht sonderlich erbaut gewesen sein sollte. Ich fand die neue Orientierung hochinteressant, hatten mich doch bereits die fremden, hypnotischen Klänge von Georges „Love You To" 1966 in den Bann gezogen.

Meine Schallplatten waren im Gepäck mit mir nach London gereist, nur etwa ein gutes Dutzend – darunter die Beatles-Alben seit „Help!". In vielen ihrer Songtexte fand ich mich wieder, und ihre umwerfenden Melodien gingen mir nicht mehr aus dem Kopf. Und was waren das für starke Persönlichkeiten – John, Paul, George und Ringo! Trotz ihrer unübersehbaren Eigenarten bildeten sie zusammen eine untrennbare Einheit.

So richtig glaubte ich es immer noch nicht. Die leibhaftigen Beatles! An meinem Arbeitsplatz! Wie hatte ich mich geärgert, daß es mir vor zwei Jahren nicht gelungen war, ihr Konzert in Hamburg mitzuerleben. Und nun würde ich sie direkt vor meiner Nase haben. Hoffte ich jedenfalls.

Das Ereignis ließ auf sich warten. Meine Nervosität wuchs. Endlich, gegen Mittag, trugen sich zwei Mitarbeiter der Beatles ins Protokollbuch ein. Sie brachten Instrumente und Verstärker. Ich warf einen Blick über die Schulter unserer Empfangsdame, Miss O'Dell: Aha, Malcolm Evans und Neil Aspinall hießen die. Nie gehört.

Nachdem ich vom Postamt zurückkehrte – noch nie hatte ich diesen Weg so schnell geschafft –, waren die Beatles immer noch nicht da. Doch dann ging's los. Mrs. Martin stürzte zur Tür herein. „Bleibt bloß locker, Leute. Sie kommen!"

Es kam zunächst nur einer: Paul McCartney. Er sah eigentlich ganz normal aus, abgesehen von seinem merkwürdigen, pinkfarbenen Anzug. Ich starrte ihn ungläubig an, während er nach freundlicher Begrüßungsgeste von Aspinall geradewegs Richtung Kontrollraum geführt wurde.

Der war erst einmal weg. Zeit zum Luftholen.

Die anderen Beatles trafen nacheinander ein. Erst George und Ringo – laut scherzend – und etwas später John mit dieser Japanerin, die ihm neuerdings nicht mehr von der Seite wich.

Wahnsinn!

Ich hatte völlig vergessen, daß ich nicht unvorbereitet war, hatte ich doch meine „Help!"-LP mitgebracht. Für den Fall, daß sich eine Gelegenheit für ein Autogramm ergab. Irgendwann kam mir Evans entgegen. Er hatte eine Kanne frisch gebrühten Tee in der Hand und stieß beinahe mit mir zusammen.

„Tut mir leid", stammelte ich.

„Mach dir nichts draus", antwortete er.

Der Typ war groß wie ein Bär, wirkte aber überaus gutmütig. Ich faßte schließlich Mut, rannte ihm mit meiner Platte hinterher und rief: „Ob's wohl möglich ist, die hier signiert zu bekommen?"

„Sicher. Komm mit!"

Meine Güte, das hätte ich ja niemals erwartet!

Da saßen sie also alle zusammen im Kontrollraum und hörten sich eine Aufnahme an. Paul sang. Eine Ballade, die mir sofort ins Ohr ging.

Erst später, als der Song veröffentlicht wurde und wochenlang Platz 1 der Hitparade einnahm, erfuhr ich den Titel: „Hey Jude".

Sie diskutierten darüber, ob George auf jedes „Hey Jude" mit einem entsprechenden Echo auf seiner Gitarre antworten sollte. Malcolm Evans stellte mich und mein Anliegen kurz vor, was die Gespräche abrupt enden ließ und alle Blicke auf mich lenkte. Au weia, bloß schnell wieder raus hier! Doch John, mit Mittelscheitel und schulterlangem Haar, griff nach der LP. Still blickte er auf das Cover, betrachtete intensiv das große „Hör Zu"-Logo und die deutsche Aufschrift „Die Originaltitel aus dem Beatles-Film der United Artists HI-HI-HILFE".

Dann platzte es aus ihm in gebrochenem Deutsch und mit dröhnender Stimme heraus: „Meine Härren, das iss gutt deutsch Junge! Sääääähr gutt!"

George zeigte sein schiefes Grinsen und stimmte mit ein: „Einä Tassä Tee, bitte!"

Schallendes Gelächter von allen Seiten. John fragte nach meinem Namen, setzte Widmung und Unterschrift auf das Cover und reichte es an Ringo, Paul und zuletzt George weiter. Ich bedankte mich artig auf Deutsch und verließ, wie in Trance rückwärts stolpernd, den Kontrollraum.

Die Beatles als Gruppe sah ich danach nicht wieder. Sie waren bekannt dafür, daß sie erst abends anfingen, richtig zu arbeiten. Dann, wenn ich längst Feierabend hatte. Doch an den nächsten zwei Tagen und an einem weiteren Tag kam Paul McCartney zu Trident, um Aufnahmen mit Orchestermusikern zu überwachen, die „Hey Jude" den letzten Schliff geben sollten. Ich sah ihn im hinteren Flur, als er vor der offensichtlich besetzten Toilette nervös von einem Bein aufs andere wippte. Er zwinkerte mir zu und knurrte: „Hi-Hi-Hilfe!"

Der Tag des Klatschmohns

von Karen Grol

Ich hatte mir geschworen, nicht nach Liverpool zurückzukehren, und das warf gleich zwei Probleme auf. Denn das Brechen von Schwüren stand genauso auf meiner schwarzen Liste wie die Stadt, in der ich aufgewachsen war.

„Albert Docks, Sir!" Dunkle Augen zwinkerten in den Rückspiegel. Der Taxifahrer zeigte nach links, schien mich für einen Touristen zu halten. Die roten Backsteinfassaden der Hafenanlage durchbrachen die graue Wand des Regens, der seit meiner Landung in Speke nicht nachlassen wollte. Ich widerstand der Versuchung, mich hinüberzubeugen auf den leeren Sitz neben mir, um besser sehen zu können. Stur blickte ich geradeaus. Ich kenne die Albert Docks. Ein Junge vergißt sein Revier nicht. So, wie er niemals den Moment vergißt, in dem ein Kran umstürzt und einen Hafenarbeiter begräbt.

Wenn ich wollte, konnte ich jederzeit Dads Schrei hören. Aber ich wollte nicht.

Cats and dogs. Das Wetter war so beschissen wie in London, und ich verfluchte meinen Chef, der mir diesen Auftrag aufgezwungen hatte in seiner unnachahmlichen Art, die keinen Widerspruch duldete.

„Das ist dein Job, Frank. Du bist mit Paul zur Schule gegangen. Du warst mit ihm befreundet. Kein anderer kann dieses Interview machen."

Ich hatte zwar abgelehnt, aber wen interessierte das. Auf jeden Fall befand ich mich nun dort, wo ich nicht sein wollte: in der Vergangenheit. Erinnerungen wirken bei mir wie zu viel Whiskey. Ich schloß die Augen gegen die aufkeimende Wut. Ma steht am Kai, wo das Schiff die Brücke traf und den Kran zum Stürzen brachte. Ihr Kleid flattert wie ein losgerissener Spinnaker vor dem Wind. Es kämpft um die Freiheit. Ma hatte geschworen, das Trinken aufzugeben, und vergessen zu sagen, daß sie dann auch aufhören würde zu leben.

Reifen quietschten, und der Taxifahrer spielte auf der Hupe. Ein grüner Doppeldecker-Bus scherte vor uns aus. Wasser spritzte hoch und klatschte gegen die Windschutzscheibe. Mas Bild verschwand, und das erste, was ich erkennen konnte, war die 46. Dann las ich: Grove Street, Smithtown Road.

„Folgen Sie dem Bus."

„Ich dachte, Sie wollten ins Britannia Adelphi?" Der Taxifahrer zwinkerte in den Rückspiegel. Er schien was mit den Augen zu haben.

„Tun Sie, was ich sage." Ich richtete mich auf, stützte meine Arme auf die Rückenlehne vor mir. Er blinzelte nicht mehr. Die Uhr zeigte meine Verspätung. Paul würde warten müssen.

Der Scheibenwischer kämpfte gegen den Regen. Als der Bus am Penny Lane Bus Terminus in der Mitte des Kreisverkehrs hielt, kramte ich ein paar Pfund aus der Hosentasche, drückte sie dem Taxifahrer in die Hand und sprang aus dem Wagen. Eine Pfütze kam mir in die Quere, während ich unter dem Dach der Haltestelle Schutz suchte. Ich zog meinen rechten Schuh aus. Der Strumpf triefte. Im Adelphi wartete Paul zum Lunch auf mich, während ich auf einer dreckigen Holzbank fror und grübelte, warum ich von meinem Plan abgewichen war. Ich hatte oft hier gesessen. Mein Mädchen sitzt neben mir. Ihr Kopf lehnt an meiner Schulter. Abwechselnd schiebt sie uns Fish and Chips in den Mund, gekauft von meinen letzten vier Cent. Zwischendurch küsse ich sie, fahre mit der Hand unter ihr Shirt und streichele ihre Brust. Paul klopft mir auf die Schulter und setzt sich mit seinem Mädchen auf die andere Bank. Später marschieren wir Arm in Arm durch die Straßen der Vorstadt, begleitet von einem imaginären Orchester. Paul am Piano. Der Himmel des Sommers ist blau wie das Meer. Vögel zwitschern wie kleine Flöten in allen Tonlagen, und eine Piccolotrompete spielt die Hymne auf unsere Jugend. Das Läuten der Glocke kündete von der Abfahrt des Busses. Geträumt oder nicht – es erinnerte mich an meine Verabredung. Ich sprang auf, lief los und blieb jäh stehen. Ein Mann im dunklen Anzug stieg aus seinem Auto, erwischte die gleiche Pfütze wie ich vor einigen Minuten und überquerte ohne Eile die Straße. Banker tragen keine Regenjacken, behauptete Paul stets. Warum fiel mir das jetzt ein? Ich grinste. Der Typ verschwand in einem Laden. Bioletti? Während ich einen der wichtigsten Musiker aller Zeiten versetzte, spielte ich Schnitzeljagd in meiner persönlichen Bannmeile. Ich lachte und folgte der Erinnerung.

Die Türklingel bimmelte, und der Neuankömmling zog die Blicke auf sich. Ein freier Stuhl erschien mir als sicherer Hafen. Ich konnte den Banker im Spiegel sehen. Es war alles wie vor zehn Jahren, nur ich gehörte nicht mehr dazu. Das unrasierte Gesicht eines Geflohenen schaute mich an. Die Haare lang und ungepflegt. Ich wickelte mich aus Schal und Mantel. Der schwarze Rolli hatte schon bessere Tage erlebt.

„Sir?" Bioletti zog die Augenbrauen hoch.

„Bioletti, haben Sie die Bilder noch?"

„Bilder ... Sir?" Der Barbier massierte sich das Kinn.

„Die Bilder von Paul und mir. Sie machen doch Aufnahmen von allen Köpfen, die Sie frisieren. Sie werden doch das von Paul McCartney nicht weggeworfen haben?" Ich klang hysterisch. BFilettis Blicke tasteten mich ab. Seine Hand griff mir in die Haare, zerzauste sie.

„Natürlich nicht, Frank." Er verzog keine Miene, ließ sich auf einem Hocker nieder und setzte die Schere an. Ich war wieder sechzehn. Der Banker beobachtete mich im Spiegel. Ein Mann öffnete die Tür und warf eine Zeitung auf den Tresen. Die Rasur von links beugte sich zu mir herüber und flüsterte: „Sie sind nicht von hier?"

Ich wußte nicht, ob ich den Kopf schütteln oder nicken sollte. „London", antwortete ich stattdessen.

Die Rasur riß sich den Umhang herunter, sprang auf und drückte mir ein Foto in die Hand. „Ich habe immer ein Bild der Queen bei mir."

Eine Antwort schien er nicht zu erwarten, denn er griff gleichzeitig nach seinem Schatz und einer Sanduhr, die fast abgelaufen war, und verließ den Friseursalon.

„Er geht sein Feuerwehrauto waschen", flüsterte mir Bioletti ins Ohr.

Die Fotos überreichte er mir an der Kasse. „Ich wußte, daß du sie früher oder später holen würdest", sagte er.

An der Bushaltestelle kaufte ich einen Strauß Klatschmohn. Es war der 11. November 1966, der Tag, an dem man der Kriegsopfer und Veteranen gedachte. Als ich Paul wenig später im Hotel die Mohnblumen überreichte und von der hübschen Krankenschwester erzählte, die hinter unserem alten Treffpunkt ihre roten Klatschrosen verkaufte, leuchteten seine Augen. Dann zeigte ich ihm die Fotos.

„Du kannst dich entscheiden, Paul. Entweder ich veröffentliche dein Jugendfoto im *Observer*, oder ich bekomme ein Lied von dir." Wir grinsten.

***

13. Februar 1967. *Penny Lane* erscheint zusammen mit *Strawberry Fields Forever* als Single mit zwei A-Seiten und stürmt die Charts. Ich schreibe im *Observer*:

Penny Lane ist ein Zeichen für das kreative Genie der Beatles. Wer sonst ist in der Lage, ein bedeutendes Lied über eine völlig unbedeutende Vorstadtkreuzung zu komponieren?

Den 11. November erkläre ich zu meinem persönlichen Erinnerungs-
tag und schwöre mir, den Tag des Klatschmohns auch in den kom-
menden Jahren in Liverpool zu verbringen. Schwüre sind mir immer
noch heilig.

Figures And Facts:

Für alle, die es nicht wissen. Penny Lane ist eine Straße und ein Stadtteil
von Liverpool. Paul McCartney und John Lennon sind hier aufgewachsen. Der 46er Bus hält tatsächlich an der Bushaltestelle mitten im
Kreisverkehr. Heute ist hier ein Café, aber in den 60ern war es ein be-
liebter Treffpunkt für Jugendliche. Der mysteriöse Ausdruck „A four of
fish and finger pies" im Refrain von *Penny Lane* ist britischer Slang. „A
four of fish" bezieht sich auf die damals wie heute beliebte Speise *Fish
And Chips*, die damals vier Penny wert war. „Finger pie" dagegen spielt
auf intime Liebkosungen von Teenagern an, die genausowenig aus der
Mode gekommen sind. Das Friseurgeschäft, in dem Paul und John sich
als Jungen ihre Haare schneiden ließen, gehörte vermutlich einem Mr.
Bioletti. Ob er tatsächlich die Köpfe seiner Kunden fotografiert hat, ist
nicht bekannt. Ob alle Banker in Liverpool im Regen ohne angemessene
Kleidung herumlaufen, Feuerwehrmänner immer noch Bilder der Queen
mit sich tragen und ihre Autos sauberhalten, ist *also unknown*.
Keineswegs sicher ist, daß Paul keinen Freund namens Frank hatte, der
1966/1967 in Liverpool beim *Observer* arbeitete und maßgeblich zur
Entstehung von *Penny Lane* beigetragen hat. Wahrscheinlicher ist
jedoch, daß diese Kleinigkeit frei erfunden ist. Richtig ist, daß am 11.
November, dem *Remembrance Day* oder *Poppy Day*, Kranken-
schwestern überall Klatschmohn verkaufen, der auf die Gräber der
gefallenen Soldaten gelegt wird. *By the way*: Tatsächlich hat eine
Piccolo-Trompete, gespielt von David Mason, ihr Pop-Debüt in *Penny
Lane* gegeben. Sie wurde im August 1987 für $10.846 bei Sotheby's
versteigert. Aber das spielt für diese Geschichte nun überhaupt keine
Rolle. Genausowenig wie der zwinkernden Taxifahrer, den Paul in seinem Song völlig vergessen hat. Obwohl … ohne ihn wäre Frank wohl
nie nach Penny Lane zurückgekehrt.

Yesterday (Gilmour/Waters/Mason/Wright)

von Florian Heller

„Wußtest du schon, daß *Yesterday* eigentlich von Pink Floyd geschrieben wurde?"

Clauss-Hausen sagte es fast beiläufig. Er saß in seinem Multimediasessel und zockte am Computer irgendein Ballerspiel. Unterdessen feuerte Schwarzenegger im nebenstehenden Fernseher Salve um Salve auf Robert Patrick ab.

Ich hatte ernsthafte Schwierigkeiten, Clauss-Hausens Feuerstöße akustisch von denen des Terminators zu unterscheiden. Die Stereoanlage gab *Highway To Hell* zum besten und bot eine willkommene Erklärung für mein Unvermögen. Ich kann generell nur zwei verschiedene Geräuschkulissen verarbeiten, während es Clauss-Hausen im Schnitt auf fünf bringt. An guten Tagen angeblich gar auf sieben. Unter uns: Ich persönlich glaube, daß er gelegentlich einfach ein bißchen aufschneidet.

Ich schaute ihn konsterniert an. „WAAAAS?"

„Yes-ter-day!" schrie er gegen den Lärm an. „Wurde von Pink Floyd geschrieben."

„Pink Floyd?"

„Ja."

Ich überlegte eine Weile und versuchte, mir die Melodie ins Gedächtnis zu rufen. Doch Bon Scott, Schwarzenegger und Clauss-Hausen warfen diesem Unterfangen ein unüberwindliches Quantum Dezibel in den Weg.

Highway To Hell endete mit einem letzten, harten Anschlag der Saiten. Clauss-Hausens Gesicht spannte sich an. Die folgenden zwei Sekunden brachten die so mühsam erzeugte Kakophonie nahe ans Kippen. Doch Deep Purple stellten mit *Highway Star* umgehend das fast schon verlorengeglaubte Gleichgewicht wieder her.

In Clauss-Hausens Züge kehrte langsam die alte Gelassenheit zurück. Er lehnte sich nach hinten und schoß zwei Gegnern geschickt die entarteten Köpfe vom Hals.

Die kurze Atempause hatte genügt, mir *Yesterday* zu vergegenwärtigen. Genügt, genügen, Genügsamkeit. Mehr Genügsamkeit, dachte ich. Das ist es, was die Welt braucht. Mehr davon!

Ich entsann mich unseres Themas.

„Nein. Das war Mick Jagger."

„WAAAS?"

Ich hob meine Stimme an. „Es war Mick Jagger. Nicht Pink Floyd!"

„Schrei doch nicht so. Ich bin ja nicht taub." Clauss-Hausen hob beschwichtigend die Hände und hätte für diese Nachlässigkeit um ein Haar mit seinem virtuellen Leben bezahlt. „Du hast 'was' gesagt", verteidigte ich mich.

„Doch nicht wegen der Lautstärke." Er trennte einem Gegner den Arm ab, stieß ihm einen Dolch ins Herz und gab ein freudiges „Yeah!" von sich. Dann schenkte er mir seine Aufmerksamkeit von neuem.

„Was ich gemeint habe, also ... ach, ist ja egal." Er runzelte die Stirn. „Mick Jagger jedenfalls nicht. Der war doch der Gitarrist von Rainbow."

„Quatsch", versetzte ich. „Du meinst Gary Moore."

„Gary Moore war Schauspieler, nicht Musiker."

Ich hielt verunsichert inne. „Möglich. Aber auf keinen Fall Pink Floyd!"

Clauss-Hausen schaute von seinem Monitor auf. „WAAAS?"

Ich holte Luft.

„Schrei bloß nicht", sagte er. „Was waren Pink Floyd?"

„Oh", machte ich überrascht. Dann versuchte ich, den Satz wieder geradezubiegen. „Diejenigen, die *Yesterday* nicht gesungen haben."

„Hab ich auch nie behauptet."

Ich warf die Stirn in Falten und überlegte, wie das Gespräch angefangen hatte. „Und was hast du behauptet?"

„Daß Pink Floyd *Yesterday* geschrieben haben."

Die Falten gruben sich tiefer in meine Stirn, während ich Vergleiche zwischen seiner und meiner Aussage anstellte.

„Und was habe ich gesagt?"

„Daß sie es nicht gesungen haben."

Das war einfach. Ich freute mich. „Und wer hat nun recht?"

Clauss-Hausen legte den Kopf schief, als er zielte. Endlich explodierte der Außerirdische farbenprächtig auf seinem Bildschirm. „Wir haben beide recht."

Ein weiterer Alien mußte mit dem Leben bezahlen, ehe sich Clauss-Hausen anschickte, meine fragende Miene zu registrieren.

„Ich habe nie behauptet, daß Pink Floyd *Yesterday* gesungen hätten", klärte er mich auf.

„Aha", stammelte ich verwirrt. „Und wer hat es gesungen?"

„Woher soll ich das wissen? Irgendein Countrysänger aus Amerika, glaube ich. Vielleicht auch Österreich." Belehrend hob er den Zeigefinger. „Hier geht es darum, wer es geschrieben hat."

Dann schnellte sein Finger zurück zur Feuertaste, und ein Polizist brach blutend zusammen. „Scheiße! Das war einer von meinen!"

Er zog ein verbittertes Gesicht und gab dem Gesetzeshüter seufzend den Gnadenschuß.

Ein genialer Gedanke flog mir zu. „Daß es Pink Floyd geschrieben haben, ..."

Gnüßlich dehnte ich die Worte, um ihnen mehr Durchschlagskraft zu verleihen.

Ich beobachtete Clauss-Hausen mit größter Aufmerksamkeit, um den richtigen Zeitpunkt für meine finale Offenbarung zu treffen. Für einen Moment stand Schweigen zwischen uns. Dann setzte er zur Frage an.

Ich kam ihm um Sekundenbruchteile zuvor: „... woher weißt du das?"

Er sah mich verblüfft an. „Woher ich weiß, daß Pink Floyd *Yesterday* geschrieben haben?"

Ich nickte selbstbewußt und bemühte mich, mir die unbändige Freude über meinen gelungenen Einwurf nicht anmerken zu lassen.

Clauss-Hausen zuckte die Schultern. „Weil es hier draufsteht."

„Oh."

Er warf mir eine CD-Box zu. Ich fing sie auf und musterte sie aufmerksam. Die Rückseite zeigte Titel, Interpreten und Komponisten.

Aber ...

„Hey! Das Cover hast du ja selbst von Hand geschrieben."

„Nicht geschrieben", korrigierte Clauss-Hausen. „Abgeschrieben. So, wie es auf dem Album stand."

Ich schaute ihn zweifelnd an. „Wer pinselt denn auch noch die Komponisten dazu?"

„Ich! Ich bin da sehr pedantisch. Außerdem hat das nichts mit Pink Floyd und *Yesterday* zu tun." Sein Blick war ein einziger Vorwurf.

„Ich hätte nur gerne etwas Gedrucktes", sagte ich zögernd. „Beim Abschreiben können sich leicht Fehler einschleichen." Ich untersuchte das dilettantische Booklet weiter. „Wie der hier. Die *Mondscheinsonate* ist nicht von Metallica."

„Ist sie wohl", gab Clauss-Hausen beleidigt zurück.

Dann starb er. Zumindest auf dem Bildschirm.

„Siehst du? Das kommt davon, wenn man zuviel miteinander redet!"

Ich hob schuldbewußt die Schultern.

„Kennst du eigentlich die Beatles?"

„Beatles???" Seine Augen drehten sich fragend zur Decke, während er das Spiel neu startete. „Ja. Klar doch. Die haben Kennedy umgebracht!"

Renate

von Armin Bings

Vor mehr als vierzig Jahren, Ernst-Merck-Halle,
entfuhr vom Zwerchfell her Renate M. aus H.
ein Ungetüm von Schrei angesichts der
vier schmucken, pilzhaarigen Prinzen.
In diesem Brand von schriller Hysterie, der sich
um sie und durch sie durch den Weg fraß,
hörte man nichts von der Musik, nur ihren Schrei.
Da krampfte sich ihr ganzes jungfräuliches Sein ums
feucht-zerknüllte Taschentuch und brannte sich
für immer ein ins Zelluloid der Wochenschau.
Renate wurde Zeitgeschichte, klafterweiten Mundes:
„Beatlemania in Hamburg", und sie der schwarzweiße
Beweis, eines von tausend kreischenden Hühnern.

Sie sah erstaunt an sich herab,
mit off'nem Maul und weiterschreiend,
sah, wie ein zweites Ich von ihr sich spaltete, und ging.
Sie sah der Fremden, ihrem Leben hinterher,
das schnurstracks auf Wellingsbüttel und
auf Horst B. zulief, dem es an allem mangelte,
was Mr. Paul McCartney hatte, nichtsdestotrotz
ihr Kinder machte: Gerd, den sie gebar,
als John & Yoko längst in Amsterdamer Laken
für den Frieden vögelten, sowie mitten rein
in die Ölkrise Claudia, fünf Wochen zu früh,
während Renate eins noch immer wie am Spieße
schrie, mit mittlerweile trock'nem Mund,
der nur mal naß wurde von Tränen,
als dieser Typ auf Lennon schoß.

Da zog die andere nach Mainz, mit Horst.
Sie verbringen späte Sommertage meist
an Mosel oder Ahr. Die Kinder beide aus dem Haus.
Die echte steht noch da und schreit, der offene Mund
so rund wie das „o" in Abbey Road.

Der Ton ist unvermindert schrill und hoch.
An Jahrestagen sieht man sie schon mal im ZDF,
die Nachrichten am Nachmittag,
Rubrik „Vermischtes" vor dem Wetter:
Renate schreit: Zeitkolorit, während der Sprecher
den Text vom Teleprompter liest.
Ihr Schrei wird immer noch länger,
und ihre Geschichte ist wahr.

Als die Beatles nach Tomah kamen

von Susan Szabo

Die Fünfzigerjahre paßten vorzüglich zu Tomah – oder umgekehrt. Das enge Korsett dieser Ära schien der kleinen Stadt im Mittleren Westen der Vereinigten Staaten wie auf den Leib geschneidert. Sie lag zwischen Minneapolis im Norden und Chicago im Süden. Kaum ein Einwohner hatte diese beiden kulturell bedeutsamen Metropolen je besucht. In Tomah kümmerte man sich nicht um die große Welt draußen. Was in der Vergangenheit passiert war oder was die Zukunft bringen würde, stieß ebenfalls auf wenig Interesse.

Ich besuchte die High School, wo strenge Regeln galten. Für uns Mädchen waren Röcke vorgeschrieben, für die Jungen kurze Haare. Wenn die Röcke zu kurz waren oder die Haare zu lang, verwarnten uns die Lehrer, was meist genügte – mit dem Schulleiter wollte es keiner aufnehmen. Er hieß Mr. Graham, und er kämpfte gegen die langen Strähnen, als wären sie die Schlangen der Medusa. In diesem Provinznest mit der schnurgeraden Main Street herrschte kein Verständnis für die geringste Abweichung vom vorgeschriebenen Verhalten, und Andersdenkende wurden mit Mißachtung bestraft. Mit Abscheu sprach man von Verwerflichem wie „pre-marital sex" und „unwed mothers". Schon „Petting" war etwas Gewagtes und höchst Unanständiges.

Aber dann kam das Jahr 1964 und mit ihm der Abend, der unsere kleine Stadt erschütterte und aufrüttelte wie nie zuvor. Noch am nächsten Tag gab es Nachbeben. Was war passiert? Die Beatles waren in der *Ed Sullivan Show* aufgetreten! Einfach in die stille, selbstzufriedene Welt Tomahs eingebrochen, durch das einzige Fenster zur Welt – ein schwarz-weiß flimmerndes, viereckiges, das Teile fremder Gefilde ins heimische Wohnzimmer ließ. Wir empfingen nur einen Sender – Channel 8. Und dieser zeigte jeden Sonntagabend die *Ed Sullivan Show*, ein einstündiges Varieté aus New York City, einem Sündenbabel, das für uns eine Art Sodom und Gomorrha darstellte und zum Glück in unerreichbarer Ferne lag. Aber das Fernsehen brachte es uns direkt ins Haus. Wir wurden aus unserer Trägheit wachgerüttelt!

Vier junge Kerle mit langen Haaren legten los und machten tolle Musik! Mit weit aufgerissenen Augen schaute ich zu. Kreischende Teeniemädchen sprangen auf und ab. Es war ein neuer Sound, getragen von Stimmen zum Verlieben, begleitet von E-Gitarren mit Klängen, die ins Herz trafen. Besonders ein Refrain brannte sich in mein Gedächtnis: *She loves you, yeah, yeah, yeah, she loves you, yeah, yeah, yeah. With a love like that, you know you should be gla-ad!* – Glad, jawohl! Wach auf, Amerika! Vor allem, wach auf, Tomah, und begrüße die Beatles! Ich verstand die vier aus Liverpool sofort. Sie sangen Lieder, auf die ich, ohne es zu wissen, gewartet hatte. Ich streifte alles Einengende ab, und ein Freudentaumel ergriff mich. Später, als ich sie auch sprechen hörte, staunte ich – das war ein ganz anderes, noch nie gehörtes Englisch! Durch den Zauber des fremden Akzents wurde ihre Botschaft geheimnisvoller, aufregender, anziehender.

Doch nicht alle reagierten wie ich. Anfangs war Tomah gespalten. Es gab auch Gegner der Beatles, nicht zuletzt weil diese – o Schreck! – lange Haare trugen. Vor allem die ältere Generation fand die Pilzköpfe anrüchig, fremd und gefährlich – sie seien Anarchisten, sagten manche, nee, Kommunisten, sagten andere. Anführer der Gegner war Mr. Graham, der am Tag nach der *Ed Sullivan Show* mit krauser Stirn durch die Gänge der High School schritt. Doch bald setzte sich die Pro-Beatle-Mehrheit durch. Viele der unter Zwanzigjährigen begriffen es intuitiv – die Beatles läuteten ein neues Zeitalter ein, und es würde das Zeitalter der Jugend und des Wandels sein.

Nur mein Vater merkte zunächst nichts. Wie sollte er auch? Er war wie üblich vorm Fernseher eingeschlafen. Erst am nächsten Tag hörte er alle von den Beatles reden. Beatles, Beatles und immer wieder Beatles. Normalerweise stellte er mir keine Fragen, als Familienoberhaupt wußte er ja alles. Aber als er mich am zweiten Tag danach zur High School fuhr, wollte er wissen: „Was ist das, die Beatles?" Unwissentlich stellte er die richtige Frage: *was?* – und nicht: wer? Sie waren ein Phänomen, und später würden sie ein Mythos werden.

Ich suchte nach einer treffenden Antwort. „Eine Gruppe junger Männer, die singt – und ihre Haare sehen aus, als hätten sie Schüsseln über den Kopf gestülpt und dann ringsrum geschnitten."

Vater nickte, wußte nun Bescheid – anders also, sie sahen anders aus. Wir unterhielten uns nie wieder über sie. Eigentlich weiß ich bis heute nicht, ob sie ihm gefielen.

Auch Mutter hatte Mühe, das Phänomen zu verstehen. Die Musik war okay, aber warum schwärmte ich so für diese vier Jungs, warum kaufte ich all ihre Platten, tanzte im Wohnzimmer wie im Fieberrausch? Ich konnte es nicht erklären.

Damals besaß Tomah noch ein Kino, an der Main Street. Brian lud mich ein, „Help!" zu sehen. Er hielt während des ganzen Films meine Hand. Wäre er doch nicht Brian, sondern John gewesen! Auf dem Weg nach Hause sprach er über Football, er spielte im Highschool-Team. Ich hörte nicht zu. Als wir vor meiner Haustür standen, wollte er mich küssen. Ich war tatsächlich zum ersten Mal verliebt! Aber nicht in ihn. Ich liebte die Beatles! Schroff schob ich ihn weg.

Meine Mutter versuchte noch immer zu begreifen, was ich an ihnen fand. „Hat man sie zusammen mit Frauen gezeigt oder so?" fragte sie nach meinem Kinobesuch. Ich gab keine Antwort. Am liebsten hätte ich gerufen: Nein, nicht mit anderen Frauen, bloß das nicht! Diese attraktiven, natürlichen, fast jungfräulich wirkenden Kerle waren doch noch zu haben! Mein würden sie werden, ein Leben lang! *Help, I need somebody, not just anybody!* Und jetzt hatte ich jemanden gefunden. Die Beatles, die mich aus Tomah holten und forttrugen, in eine bessere Welt.

Stanley hatte lange Haare, trug eine Nickelbrille und war ebenfalls Beatles-Fan. Ich lernte ihn als Studentin in Madison kennen, zu der Zeit, als das „Weiße Album" herauskam. Er war drei Jahre älter als ich und wohnte in einem Apartment, wo wir abends, im Dunst von Räucherstäbchenrauch, unsere Lieblingsplatten hörten. *And when I tell you that I love you, you're gonna say you love me, too!* Einverstanden! *When I hold you in my arms, and I feel my finger on your trigger* ...Auch einverstanden! Stanley wurde mein erster, im Hintergrund *Ob-la-di, Ob-la-da.*

Später, gemeinsam mit ihm und anderen, entdeckte ich die Welt der *marshmallow dreams. I get high with a little help from my friends ...*

Lucy in the sky with diamonds! Ich wurde zum *girl with kaleidoscope eyes!* Mein Bewußtsein – für immer erweitert. Tomah hatte ich überwunden, das Korsett lag in Fetzen. Danke, Beatles!

In den letzten Semesterferien besuchte ich meine Eltern. Ich traf auf Mr. Graham. Daß ich vor dem mal gekuscht hatte! „Und", fragte ich, „sind Sie noch immer gegen Pilzköpfe?"

„Nein, das sehe ich nicht mehr so eng", sagte er und lächelte verstohlen.

Trug er seine Haare nicht eine Spur länger als zuvor? Let it be!

Can't Buy Me Love

von Bernd Rümmelein

Sie nannten sich „The Beatles", und das erste, was mir hierzu einfällt, sind der Begriff „verlauster Pilzkopf" und ein VW-Käfer (der aber bekanntlich im Englischen anders geschrieben wird) sowie ein Schwarz-Weiß-Fernseher inklusive schneienden Grieselbilds.

Aus heutiger Sicht könnten die vier Boys ohne z wohl niemanden mehr hinter dem Ofen vorlocken oder vom Melkhocker reißen. Meinen Opa vielleicht, aber dem fehlen längst die Zähne (oder sollte ich sagen: der Biß?), und seit knapp dreißig Jahren krallen sich bereits die Würmer unterirdisch in sein Hirn. Ausnahmen bestätigen eben wie immer die Regel! Mich persönlich traf die Band Queen um den Leadsänger Freddy Mercury deutlich heftiger ins Herz, als es die Beatles je könnten. Welten liegen dazwischen. Beatles vs. Queen ist für mich wie Fünfzehn-Zoll-Schwarzweiß-Röhrenfernsehen vs. Fünfzig-Zoll-Plasma-Flachbildschirmgucken. Es ist schon seltsam: Dieser Hype – wie man so schön sagt – ging an mir beinahe spurlos vorbei.

Gut, ich gebe es zu, nicht ganz, und der eine oder andere Ohrwurm verfolgt mich unerbittlich. Wie soll man sich auch der Dauerberieselung durch Film, Funk und Fernsehen entziehen können? Das geht ja mal gar nicht. All die vielen Penny Lanes, Helps, She Loves You Yeah Yeah Yeahs, Let It Bes, gelben Unterseeboote und Hey Judes haben sich im Lauf der vergangenen vierzig Jahre ins Gehirn gebrannt und dort regelrecht festgefressen.

Bei genauerer Betrachtung fallen mir doch tatsächlich drei prägende Ereignisse aus meiner Jugend ein, die mich eher unfreiwillig mit den Beatles in Berührung brachten.
  Da wäre zunächst meine ältere Schwester, deren Zimmer – im elterlichen Heim damals durch dünne Wände getrennt – direkt neben meiner Rumpelkammer lag. Lange war sie eine geradezu fanatische Elvis-Anhängerin. Ich fand The Pelvis in seinen späteren Jahren definitiv zu fett und habe bis heute nicht begriffen, was sie an der hüftschwingenden Schmalzlocke so liebte. Doch eines schönen Tages, kurz nach dem angeblichen Tod des King of Rock'n Roll, wurde er von einer neuen Plage

abgelöst: The Beatles. Poster hier, Poster da. Platten ohne Ende. Und das ausgerechnet zu einer Zeit, in der es die Band längst nicht mehr gab. Ich habe diese Begeisterung nie verstanden. Die Jungs waren weder besonders gutaussehend noch übermäßig talentiert. Jedenfalls hat sie die Beatles immer wieder bis zum Umfallen abgenudelt.

Ich hielt mit Queens „We Will Rock You" und „Bohemian Rhapsody" eisern dagegen, mitunter mischte sich auch das Electric Light Orchestra dazwischen. Was muß das für ein kongenialer Soundmix gewesen sein: The Beatles meet Queen featuring ELO!

Wenige Jahre später folgte der nächste Beatles-Schock. Ein Englischlehrer folterte uns im Unterricht mit seiner wertvollen Plattensammlung. Erst kamen ABBA mit „Fernando", „Dancing Queen" und „Waterloo" an die Reihe. Nein, er war nicht schwul. Dann zogen die Fab Four in die Englischstunden ein. Texte aus dem Songbook mußten auswendig gelernt und in den Folgestunden vorgetragen werden. Was habe ich mir bei „Michelle", ma belle, einen abgeträllert! Dabei war der Text zu allem Überfluß teilweise französisch. Andere hatten es viel leichter und durften aus Leibeskräften „All You Need Is Love", ratatatata, singen. Der allseits bekannte Maschinengewehrrefrain für besonders begabte Schüler mit leichter Sprachbehinderung. Aber lassen wir das, wenigstens wirkte die weiße Vinylscheibe des Albums auf seltsame Weise cool. Ich frage mich noch immer, woher er die hatte.

Wieder zogen zwei Jährchen ins Land. Mittlerweile im glorreichen Teenageralter von fünfzehn Jahren, in welchem Jungs im Grunde nur Mädchen im Kopf haben, veranstalteten wir eine Party mit unserer französischen Austauschklasse. La Boum. Natürlich verliebte ich mich in eine wunderschöne Französin, was zur großen Freude tatsächlich erwidert wurde. Was war das prickelnd und romantisch! Freunde wären aber nicht Freunde, wenn sie Erregenderes nicht glorreich zu verhindern gewußt hätten. Sie spielten „Let It Be" – extra für mich. Das war's dann. Jungs, ich hasse euch rund fünfundzwanzig Jahre später immer noch dafür!

Jetzt bleibt mir am Ende nur die nüchterne Selbsterkenntnis, daß sogar Menschen wie ich, die zeit ihres Lebens mit den Beatles nichts anfangen wollten, trotzdem auf merkwürdige Art und Weise einschneidende Erlebnisse mit der Beatlemania vorzuweisen haben. Bewußt oder unbewußt. Die vier waren allgegenwärtig und sind nach wie vor Kult. Das müssen wir ihnen lassen und neidlos anerkennen. Eine phänomenale Leistung. Aber mal ehrlich, was wäre denn anders, wenn es die Popbubis aus Liverpool nicht gegeben hätte? Eindeutige Antwort gefällig? Nichts. Rein gar nichts. Von La Boum vielleicht abgesehen ...

Mag ich die Beatles? Nein, ich mag sie nicht. It's A Hard Day's Night.

Muß ich die Beatles mögen? Nein, das muß ich nicht. Can't Buy Me Love.

So long folks.

Finger weg!
von Amadeo Mena Vicente

Die Beatles sind meine Band! Sie gehören mir, mir ganz allein. Also: Finger weg!

Seufz! Dabei hat es nicht einmal Astrid Kirchherr geschafft, sie für sich zu behalten. Pete Best ebenfalls nicht, und nie ist ein Musiker so tief gestürzt wie er. Nur ein Angestellter von Decca fiel aus noch größerer Höhe nach seinem Fehler, den Manager Brian Epstein und die, die er vertrat, mit der Begründung abzulehnen, die Zeit der Gitarrenbands sei vorbei.

Als diese fantastische Gruppe nach jahrelangem Tingeln in Hamburg das Glück hatte, auf den Produzenten George Martin zu treffen, der die vermeintliche Wahnsinnstat beging, ihr einen Plattenvertrag anzubieten, startete sie durch wie eine Rakete. Ein aus dem Herzen von Brian Epstein rollender und auf dem Boden aufschlagender Felsbrocken erschütterte die Welt, und es dauerte nicht lange, bis auch auf deutschen Bildschirmen über die Beatles berichtet wurde.

Zu jenem Zeitpunkt saß ich im Wohnzimmer vor dem Fernseher und spielte mit Bauklötzen. Plötzlich horchte ich auf, starrte auf den Schwarzweiß-Apparat, und der Stein, den ich in meinen Patschhändchen gehalten hatte, landete mit einem dumpfen Geräusch auf dem Teppich.

„Wer das?" fragte ich Mama.
    Darauf sie, bemüht, mir eine kindlich verständliche Antwort zu geben: „Das sind die Yeah-Yeah-Yeahs!"

Und als dann Richard Lesters Film „A Hard Day's Night" gezeigt wurde, wollte mir die Musik monatelang nicht aus dem Kopf. Noch weit davon entfernt, Englisch zu verstehen oder gar sprechen zu können, sang ich lautmalerisch den Titelsong, wobei ich den schnodderigen, lennonesken Tonfall ziemlich genau traf.

Damals war schon alles zu spät und keine Medizin mehr in der Lage, mich vom Beatles-Virus zu kurieren. Dennoch ging die gesamte aktive

Karriere der Pilzköpfe fast unbemerkt an mir vorbei: Als sie richtig zündete, war ich zu jung, und als sie sich auflösten, ebenfalls. Und einen Plattenspieler besaßen wir seinerzeit nicht, der kam erst einige Jahre danach, in den Siebzigern: ein „Dual" mit Plexiglasdeckel, angeschlossen an den TA/TB Eingang des Mono-Radios im Wohnzimmer. Ich habe noch heute Herzklopfen, wenn ich daran denke, wie ich zu Weihnachten das rote Doppelalbum bekam: Das schöne, glänzende, schwere Cover mit dem seltsamen Bild … Als ich die erste Platte auflegte, spürte ich meine frühe Kindheit in konzentrierter Form, und die Fähigkeit, dieses Gefühl mit Worten zu beschreiben, wäre wohl allein John Lennon gegeben.

Ich sparte das Taschengeld und fand keine Ruhe, bis ich mir auch das blaue Doppelalbum gekauft hatte. Von den Songs kannte ich keinen einzigen. Gütiger Himmel, ich dachte, das sei eine andere, NOCH bessere Band! Welch unfaßbar gute Musik! Sprachlos vernahm ich „Strawberry Fields Forever", blinzelte verblüfft bei „A Day In The Life" und starrte die Hülle an. Ich wußte die Namen der vier bereits auswendig und versuchte, sie den Gesichtern zuzuordnen. Komisch. Zwei Gruppen! Die eine mit kurzen Haaren, die andere mit langen. Anfangs hielt ich den bärtigen Lennon für Harrison, denn er sah aus, als heiße er so. Bald aber hatte ich die vier Beatles individualisiert, und ich begann, auch ihre Soloprojekte zu lieben. Meinem Taschengeld tat das gar nicht gut.

Unterdessen war ich fünfzehn Jahre alt geworden und bekam von den Eltern eine elektrische Gitarre geschenkt, einen Nachbau der Gibson *Les Paul* in Weiß. Ich lernte sie spielen, und kurze Zeit später gründete ich meine erste Band: „The Apple", benannt nach der Beatles-Firma. Aber mittlerweile war der Hardrock ausgebrochen, und den machten wir auch.

Ein spätes Highlight bildeten die Veröffentlichung der „Anthology" und die erste neue Single seit Jahrzehnten. Viele hatten Angst, die Gruppe könne ihren Mythos zerstören. Doch beim Hören von „Free As A Bird" fiel ich förmlich auf die Knie. Mitten in der Technowelle brachten die Beatles ein so entspanntes, ruhiges, lässiges, harmonisches Stück heraus! Dazu gehörte Mut! Und ich war stolz auf meine Lieblinge. Fantastisch, wie jeder jeweils eine Strophe sang! Und die anbetungswürdig schöne Slidegitarre von George Harrison im Intro erweckte in mir grenzenlose Bewunderung. „Real Love" mit dem sphärisch klingenden John und das geniale Video ließen mich erschauern. Und wenn niemand hinsah, mußte ich weinen. Auch während ich das schreibe, steigen mir die Tränen in die Augen.

Ich kenne die Geschichte der Beatles inzwischen besser als meine eigene. Es hat für mich keine Bedeutung, was 1988, 1998 oder 2005 geschehen ist. Ich bewege mich in einem homogenen, gleichförmigen Zeitstrom, der keine Grenzen mehr hat. Aber es gibt für mich einen riesigen Unterschied zwischen den Beatles-Jahren 1962 und 1970. Zwei Welten! Während dieser Spanne ist unendlich viel passiert. Mein Bewußtsein über die Beatles ist höher als das Bewußtsein über mich selbst. Für mich waren und sind sie Magier, außerirdische Wesen, die ein wenig Freude auf die Erde gebracht haben. Und dabei so sympathisch und normal! Sie sind in meinem Herzen tief verwurzelt. Ich trauere bis heute um John Lennon und um George Harrison. Ich liebe diese Menschen, ihre Musik, ihren Charakter, ihre Art, sich zu geben, ihre Aufrichtigkeit, Ehrlichkeit und Anständigkeit im Umgang mit ihren Fans: Die Beatles haben uns für unser Geld stets einen angemessenen Gegenwert gegeben.

Seit langem bin auch ich Musiker, von den Fab Four beeinflußt, wie es Tausende oder Hunderttausende anderer Musiker ebenfalls zu sein vorgeben. Aber sie alle befinden sich im Irrtum, denn, wie bereits erwähnt: Die Beatles sind meine Band! Sie gehören mir, mir ganz allein. Also: Finger weg!

Fast ein Beatle oder I saw her standing there

von Chris Lind

Celle, 8. Dezember 1980

Die Tasse zerschellt. Regungslos verfolge ich, wie sich der Kaffee auf den Küchenfliesen ausbreitet. Kopf und Herz wollen nicht glauben, was der Radiosprecher sagte: „Ein unbekannter Attentäter hat heute John Lennon vor seinem Haus in New York erschossen."

Ich spüre einen Kloß im Hals und schlucke trocken, als die ersten Töne von *Give Peace A Chance* erklingen. Mein Blick ertrinkt in der schwarzen Lache am Boden. Nicht John, John mit dem schiefen Lächeln, den schrägen Ideen und der immensen Lebenslust!

Mechanisch fege ich die Scherben zusammen, gieße mir eine neue Tasse ein und verschwinde in den Keller. Hier ist der richtige Ort zum Trauern, der richtige Ort, um mich an John, Paul und George, an unseren gemeinsamen Herbst zu erinnern. An der Wand hängen Plattencover, von der ersten Single bis zu ihrem letzten gemeinsamen Album. *Sergeant Pepper* sticht poppig heraus. Zeitungsausschnitte vergilben neben Karten mit Pauls eiliger Handschrift. Einen Ehrenplatz nimmt unsere Single ein – gerahmt hinter Glas. Vorsichtig befreie ich das Vinyl und lege es auf den uralten Plattenteller.

Hamburg, August 1960

Endlich frei! Musiker werden, zum Entsetzen meiner Eltern. Mit dem Abitur in der Tasche aus dem Spießermief nach Hamburg geflohen.

Nun lebte ich in der Hansestadt, hauste in einem miesen Zimmer, Toilette auf dem Gang, um möglichst lange mit meinem Ersparten auszukommen. Nachts war ich kaum zu Hause, tingelte von einem Club zum nächsten auf der Suche nach einer Band, die einen Bassisten brauchte. Der erste Schrecken der Großen Freiheit lag bereits hinter mir. Einer Schlägerei mit betrunkenen Matrosen verdankte ich eine gebrochene Rippe. Doch auch Freunde hatte ich inzwischen gefunden. Wir Beatfans kannten uns, trafen uns in den Clubs.

Ich stand am Tresen des Kaiserkellers, hielt mich die zweite Stunde an einem Bier fest und lauschte betont lässig der Band. Durch die Rauchschwaden kämpfte sich eine zierliche Gestalt auf mich zu, schob angeheiterte Seeleute zur Seite, stieg elegant über diejenigen, die dem Bier zum Opfer gefallen waren.

„Im Indra fetzen ein paar Briten, wirklich was Neues. Komm." Astrid war eines der wenigen Mädchen, die etwas von Musik verstanden.

Die Band sei erst vor ein paar Tagen angekommen und noch zu entdecken, erzählte sie. Ich gab nicht viel auf Geheimtips, aber meine Neugier war geweckt. Wir wechselten ins Indra. Wow, und da sah ich die fünf Jungs aus Liverpool! Sie lieferten eine wüste Bühnenshow, die ihresgleichen suchte. Ihr Beat, ihre Dynamik bliesen mich weg. So wollte ich spielen. So mußte sich das anhören! Astrid stellte mir den Bassisten vor. Sie wünschte sich, daß ich Stu ein paar Riffs zeigte, damit er nicht elend unterging. Stu war ein netter Kerl, aber der schlechteste Bassist, den ich seit langem gehört hatte. Auch der Rest der Band arbeitete mit mehr Engagement als Können, und trotzdem – da brannte ein Funke, etwas, was andere nicht rüberbrachten.

Die Energie der fünf war unglaublich. Acht Stunden pro Nacht vor einem Publikum, in dem Studenten und Fans mit Besoffenen stritten. Nach den Auftritten tranken wir in der Bude der Jungs, einem kleinen, schäbigen Zimmer über dem Vorführraum des Bambi-Kinos. Preludin spülten wir mit Bier herunter, um wach zu bleiben. Viele meiner rosaroten Vorstellungen vom Musikerleben warf ich in dieser Zeit über Bord. Reich konnte man mit Live-Gigs nicht werden. Aber die Mädels entschädigten einen für alles. Stripperinnen, Beatverrückte, Kunstschülerinnen – sie alle fuhren auf die Liverpooler Boys ab. Da ich mich in deren Licht sonnte, fiel hin und wieder auch ein Girl für mich ab.

Mit Paul verstand ich mich auf Anhieb, lag sicher an der Bassistenseele. Noch aber spielte er Gitarre und tat alles, um Stu zu übertönen. George und Pete blieben unauffällig im Hintergrund, und John pflegte sein Image des Unnahbaren. Er sprach wenig, und wenn, dann nicht mit mir. Meist beäugte er mich nur kritisch. Doch eines Abends unterbrach er George und mich und fragte, wer mein Friseur sei. Ich erstarrte. Oh, nein! Sechs Wochen in Hamburg, und noch immer hatte sich der Pottschnitt unseres Dorfbarbiers nicht ausgewachsen. Mühsam züchtete ich meine Matte in Richtung Rock'n' Roller.

Scharf fragte ich: „Why?"

John wuschelte mir durchs Haar und sagte: „Hey, I like it. I want it that way."

Ja, ja, nickte ich.

Am nächsten Morgen standen fünf Liverpooler vor meiner Wohnung und schleppten mich um die Ecke in einen Frisiersalon. „We want our hair like his!"

Ich erklärte dem Haarkünstler ihre Wünsche, und er verpaßte ihnen exakt den gleichen Schnitt.

„You are the sixth Beatle now." Paul grinste, als wir uns im Spiegel betrachteten.

Ich lächelte und dachte, schön wär's. Alles würde ich aufgeben für diese Chance.

Ende November nahm Paul mich beiseite und sagte: „Komm mit uns."

Liverpool! Beat in seiner Geburtsstadt spielen – meine Träume wurden wahr. Warum eigentlich nicht? Nichts hielt mich in Deutschland. Meine Eltern hatte ich sowieso enttäuscht, weil ich nichts Vernünftiges lernte.

Er schaute mich an, mit dem typischen Paul-Lächeln.

„Ich denk drüber nach!"

„Viel Zeit hast du nicht. George muß morgen zurück. Stu bleibt in Hamburg …"

Ich brauchte nicht lange zu überlegen, suchte meine Sachen zusammen, zählte mein Geld und begann zu packen.

Abends ging ich mit dem festen Entschluß, Stu zu ersetzen, in den Kaiserkeller. Doch das Schicksal hatte andere Pläne. Ich holte mir ein Bier, drehte mich locker zur tobenden Menge um und erstarrte in der Bewegung. Dort hinten, am Bühnenrand, da stand sie. Sie paßte nicht zu den anderen Girls, die hier abhingen. Sah aus wie ein Kleinstadtmäuschen, das sich verlaufen hatte. Der Parka täuschte nicht darüber hinweg, daß sie kein Beatchick war. Mein Beschützerinstinkt erwachte, und ich pirschte auf sie zu, bevor einer der anderen Jungs sie in seine Fänge bekam. Zu gut erinnerte ich mich an meine Anfangszeit in der großen Stadt.

„Hallo." Cool stellte ich mich zu ihr. „Das erste Mal hier?"

Sie musterte mich, ohne ein Wort zu verlieren. Der Blick schlug Risse in meine Fassade. „Äh, ich kenn' die Band."

Ihre Augen gaben mich nicht frei. Ich klopfte meine Taschen ab, suchte nach Zigaretten, brauchte dringend etwas, an dem ich mich festhalten konnte.

„Bitte!" Sie hielt mir eine Schachtel vor die Nase, lächelte leicht. „Wie lange bist du schon in Hamburg?"

Ich verlor mich in ihren Augen. Wir verließen den Saal, redeten und redeten, vergaßen Zeit und Ort.

„Hey, sag mal, die hatten ja alle den gleichen komischen Schnitt wie du?"

„Erkläre ich dir später. Sorry, komme gleich wieder." Ich stolperte zur Bühne zurück wie ein Teenager, nicht wie der welterfahrene Neunzehnjährige, der ich sein wollte.

George winkte mir zu, deutete zum Tresen. Die Band hatte gerade Pause, während *Rory Storm & The Hurricanes* zum dritten Mal an diesem Abend ihr Bestes gaben.

„Paul?"

Er drehte sich um, noch high vom Adrenalin des Auftritts. „You are not coming?"

„I wanted, but …", stammelte ich. „I saw her standing there …"

Pauls Grinsen vertiefte sich. Er wandte sich den anderen zu und brüllte: „Hey, our German is madly in love!"

Ich drohte im Boden zu versinken.

Am nächsten Tag wurden Paul und Pete verhaftet und mußten die Stadt verlassen. Mit der Abschiebung nach England begann die Erfolgsgeschichte der Beatles.

Ich blieb nicht in Hamburg, sondern folgte Elke in ihren Heimatort Celle. Musiker bin ich nicht geworden. Den Baß spiele ich heute noch, zum Spaß. Ich begann eine Ausbildung, wir heirateten, 1962 kam unsere Tochter zur Welt, und Weihnachten 1963 erwartete uns die große Überraschung.

Ein Päckchen aus England. Eine Single mit einem kurzen Satz auf der Plattenhülle: „To our German, my Christmas and very late wedding present. Keep the beat going. Paul."

In einem Brief schrieb er mir, daß sie gerne mein Erinnerungslied als A-Seite gepreßt hätten, aber die Plattenfirma plädierte für *I Want To Hold Your Hand*.

Habe ich meine Entscheidung je bereut?

Die Tür öffnet sich. Die blauesten Augen der Welt schauen mich an: „Mensch, Gottfried, ich habe es eben gehört und bin gleich nach Hause gekommen. Wie geht es dir?"

Sie umarmt mich zu den Klängen unseres Liedes.

Well she looked at me, and I, I could see
that before too long I'd fall in love with her.
she wouldn't dance with another
oh when I saw her standing there.

Fakten:

Vom 17. August 1960 bis 16. Oktober 1960 traten die (damals noch fünf) Beatles im Indra-Club in Hamburg auf. Bis zum 29. November setzten sie ihre Live-Auftritte im Kaiserkeller fort, bis sie von den deutschen Behörden des Landes verwiesen wurden. George galt mit seinen 17 Jahren als minderjährig, und Paul und Pete hatten angeblich ihr Zimmer über dem Bambi-Kino in Brand gesteckt.

„I Saw Her Standing There" ist der Eröffnungssong des Beatles-Debütalbums „Please Please Me" vom März 1963. Am 26. Dezember 1963 kam die erste Single der Beatles auf den US-amerikanischen Markt mit „I Saw Her Standing There" auf der B-Seite. Paul McCartney sagte später, daß er nur die beiden Textzeilen „She was just seventeen" und „beauty queen" hatte und den Rest gemeinsam mit John Lennon erarbeitete.

Zum Entstehen der berühmten Pilzköpfe existieren (mindestens) zwei Versionen. In beiden spielen die Fotografen Astrid Kirchherr und Jürgen Vollmer tragende Rollen. Nach einer Fassung kopierten die Beatles den Schnitt von Jürgen Vollmer und trampten extra für diesen Schnitt nach Paris, wo Jürgen lebte. Die zweite Version sieht Astrid Kirchherr als Erfinderin des „Pilz-Schnitts", als sie Stuart eine Alternative zu den „Rock'n' Roll-Haartolle" schnitt.

Meine erste Liebe

von Stephan Bordt

Die Musik zu meiner ersten Liebe und meine erste Liebe in der Musik – beides verdanke ich den Beatles. Mit zwölf hörte ich ihre Platten so penetrant, daß die ganze Familie die Augen verdrehte. Das war in den Siebzigern, lange nach Auflösung der Band, als ich gerade zu begreifen begann, was mit den Textzeilen gemeint war:

What do you see when you turn out the light?
I can't tell you but I know it's mine!

Heute wäre ich sozusagen Nachbar der jungen Männer aus Liverpool, könnte ich die Zeit um ein knappes halbes Jahrhundert zurückdrehen. Wenn ich zum Einkaufen gehe, komme ich an einer von Efeu überwucherten Gedenktafel vorbei, die an einem Häuschen im Hamburger Stadtteil St. Pauli angebracht ist. Sie erinnert daran, daß hier, über dem damaligen Bambi-Kino unweit der Großen Freiheit, die Beatles wohnten und 1960 im *Indra* und *Kaiserkeller* ihre ersten Auftritte hatten. Damals waren noch Schlagzeuger Pete Best und Bassist Stuart Sutcliffe dabei.

Schade, daß ich zu spät gekommen bin, denke ich oft. Wie cool wäre es, John, Paul und dem gerade siebzehnjährigen George Harrison auf der Straße zu begegnen, sie als junge, vielleicht etwas schüchterne Männer kennenzulernen, die noch nicht für Lichtgestalten gehalten wurden.

John Lennons Äußerung, sie seien populärer als Jesus Christus, erschien mir als Knabe in keiner Weise übertrieben. Ihre eingängige, erfrischende oder feierlich-traurige Musik, ihr Ruhm, der Mythos nach ihrem Rückzug aus der Öffentlichkeit und ihrer Selbstauflösung, führten zu einer nahezu religiösen Verehrung. Erst mit vierzehn nahm ich überhaupt wahr, daß es auch andere Musiker gab.

Als ich mich zum ersten Mal verliebte, war ich der Entwicklung der Beatles *eight days a week* gefolgt und schwärmte gerade für ihre Phase während der Flower-Power-Ära. Ich sehnte mich nach einem Leben im Yellow Submarine. Raus aus der angepaßten, ordentlichen Welt zwischen Elternhaus und Schule, rein in die Träume der Pubertät! Träume, die sich immer öfter um Silvia drehten, ein Mädchen aus der Parallelklasse. Silvia war in ihrer stillen Art sehr geheimnisvoll und wirkte gleichzeitig ungezwungen, locker. Ein Engel mit großen, dunklen Augen in bunten Batik-Kleidern. Ich war total entflammt und konnte an nichts anderes mehr denken. All you need is love!!!

Leider teilte Silvia meine Begeisterung für die Beatles nicht und interessierte sich schon gar nicht für die nervige Pickelvisage, die sie bei jeder Gelegenheit in der Pause, auf dem Schulweg und bei zahllosen „zufälligen" Begegnungen anhimmelte. Als ich meinen ganzen Mut zusammennahm und ihr meine Liebe beichtete, stieß ich auf eine Mauer der Ablehnung. Ich weiß nicht mehr, was meine Angebetete antwortete. Ich weiß nur noch, daß mich ihre Worte wie ein Geschoß aus Bungalow Bills Gewehr durchbohrten. Die Träume von Liebe und Glück zerplatzten jäh. Ich stürzte in ein tiefes Tal der Trauer und Melancholie. Und die Songs der Fab Four waren meine Begleiter, die Songs aus der Zeit der unabwendbaren Trennung der Band. Ich erging mich mit „Cry Baby Cry" und „Rocky Raccoon" in einem Meer von Tränen, während die Gitarren zärtlich weinten. Und immer wieder ermahnte ich mich: Let it be!

Silvia ist heute nur noch eine ferne Erinnerung. Doch die traurigen Lieder kehren zurück, sobald mich eine schwermütige Stimmung überkommt. Und ich denke an den jugendlich wilden Soundtrack der frühen Jahre, wenn ich am ehemaligen Bambi-Kino vorbeikomme. Stu Sutcliffe, John Lennon und George Harrison sind längst tot. Was bleibt, ist ihre Musik, das Vermächtnis einer wegweisenden Genialität. Sie wird uns überdauern, uns alle. „Yesterday" wird immer sein – schön, fröhlich und traurig zugleich.

Walrus Meets Honey Pie

von Jürgen Miedl

Es saß da so an der Bar, war eigentlich sogar schon ziemlich betrunken, und doch: Irgendwas fehlte heute. Na ja, vielleicht einfach noch ein bißchen zuwenig intus. Und als es solcherart nachdachte, mit den Gedanken Fangen spielte und auf einer gelben Schaukel schaukelte, da kam ein alter Bekannter, schlich sich heimtückisch von hinten an und packte das große, graue Etwas, das sich gerade entschlossen hatte, von Bier auf Whiskey umzusteigen, an der Schulter. Ein großes Entsetzen wollte durch die Glieder des Ungetüms fahren, aber es war schlicht zu träge, um jetzt spektakulär aufbäumend zu erschauern.

„Na, hab' ich dich erschreckt?"

„Geht so, aber … oh, das gibt's ja gar nicht! He, daß man dich auch mal wiedersieht!"

„Ja, zufällig bin ich hier hereingeschneit, und da entdeckte ich dich und hab' mich gefragt: Hm, dieses graue, riesengroße Ding da vorne, das ist doch wohl … und jetzt bist du's wirklich."

„Ja, I am the Walrus."

„Gut siehst du aus."

„Ach was! Zugenommen hab ich einiges. Aber du hast dich ja nicht wirklich verändert und bist immer noch ziemlich wild, Honey Pie."

„Du, man tut, was man kann."

„Im großen und ganzen geht's dir prima, stimmt's?"

„Wieso nimmst du jetzt von vornherein an, daß es mir gutgeht?"

„Na ja, Honey Pie, man weiß halt: Bei dir ist ständig alles good day sunshine."

„Ich kann dir gar nicht sagen, wie mir dieses Klischee auf den Sack geht! Überall, wohin ich komme, glauben die Leute, ich sei bester Dinge, die tolle Laune in Person, und das alles nur wegen dieser blöden Phrase."

„Welche Phrase meinst du jetzt?"

„Na komm, du weißt genau, wovon ich rede."

„Nein, wirklich nicht."

„Ok, I want to tell you: ‚Du grinst ja wie ein Honigkuchenpferd!'"

„Und deswegen glaubt jeder, du wärst grundsätzlich gut drauf?"

„Genau."

„Hm, bist du es denn nicht?"
„Doch, heute schon, heute schon."

Ein längeres Schweigen legte sich nun über die zwei. Das Walrus bestellte einen Whiskey, der Honey Pie einen Cocktail mit einem Glass Onion als Verzierung obendrauf.

„Und? Was läuft bei dir sonst so?" fragte das Walrus nach einer Weile, um diese unangenehme Stille daran zu hindern, noch tiefer in alle Körperöffnungen zu kriechen und dort in der Milch zu blubbern.
    „Ach, besonders gut steht es nicht. Der Taxman ist hinter mir her."
    „O je! Hast du immer noch Probleme mit der Behörde?"
    „Ja. Ich seh' einfach nicht ein, warum ich Steuern zahlen soll. Und diese Fahndung nach meinem Geld nimmt jetzt schon skurril lustige Züge an. Neulich, mußt du dir vorstellen, ruft mich der Finanzminister persönlich an. Ich hab' erst geglaubt, mich tritt eine sexy Sadie, weil, da beginnt der doch tatsächlich zu heulen wie ein kleines Kind und schluchzt so ins Telefon: ‚You never give me your money.'"
    „Wahnsinn! Das nenn' ich mal Volksnähe. Und wie hast du reagiert?"
    „Ich sagte, er solle es nicht tragisch nehmen, und ich würde zwar heute nichts mehr zahlen, aber tomorrow never knows. Das war vor drei Wochen."
    „Hast du denn mittlerweile schon berappt?"
    „Ach was, ich bin einfach ganz schnell back in the U.S.S.R., und die Geschichte hatte sich."
    „Ha, den hast du ganz schön an der Nase herumgeführt! Aber mal was anderes: Was macht eigentlich die Liebe?"
    „Oh, frag besser nicht. Da sieht es zur Zeit nach einer long and winding road aus."
    „Wieso denn das? Du warst doch jahrelang glücklich mit der Julia zusammen."
    „Ja – und nebenbei noch mit der Penny."
    „Was? Du hast die Julia mit der Penny betrogen?"
    „Es gab dann auch noch eine gewisse Lady."
    „Doch nicht etwa Lady Ma...?"
    „Doch, genau diese."
    „Verdammt! Was hast du dir nur dabei gedacht?"

„Ich weiß nicht. Ich hab' wohl einfach meine Sinne zu sehr benebelt in den vergangenen Jahren. Jedenfalls hat es die Julia lange nicht gemerkt."

„Hm, dann mußt du das aber gut organisiert haben."

„Kann man wohl sagen. Also: Immer am achten Tag der Woche Penny came in through the bathroom window, und mit der Lady traf ich mich regelmäßig heimlich beim Erdbeerpflücken direkt auf dem Feld."

„Wahnsinn. Und wie ist dir die Julia dann doch draufgekommen?"

„Ach, weißt du, das ging so zu: Ich ... Mann, es ist hier verdammt stickig. Hat dieser Laden keinen Octopus's Gastgarden?"

„Nein, da gibt es nichts."

„Na ja, okay. Es lief ungefähr folgendermaßen ab: Her Majesty, also, das war mein Kosename für die Julia, sie nannte mich stets den Sun King, ..."

„Wie niedlich."

„Ja, jedenfalls hat sie Geigenunterricht beim Mean Mr. Mustard genommen. Und dazu muß ich gleich sagen, daß mich dieser Typ überhaupt nicht leiden kann. Er tituliert mich Fool On The Hill."

„Wie gemein!"

„Nicht wahr? Und trotzdem, ich konnte Julia nicht davon abhalten, zu ihm zu gehen. Dabei beschwor ich sie: ‚Oh! Darling!' Aber das half alles nichts. Natürlich wußte ich, daß Mr. Mustard gegen mich arbeiten würde, denn auch er war in Julia verliebt, und darum beschattete er mich, um irgendwas zu finden, das er gegen mich ausspielen könnte. Blöderweise gelang ihm das auch. Eines Abends hielt er auf Tonband fest, wie ich zur Lady sagte: ‚Why don't we do it in the road?' Diese Aufnahme spielte er gleich am nächsten Tag der Julia vor."

„Au, verdammt! Und wie hat sie reagiert?"

„Sie war begreiflicherweise völlig außer sich und brüllte mich an: Ich solle mich sofort vom Acker machen, und wenn es sein müsse, dann werde sie mir umgehend das ticket to ride kaufen, Hauptsache, ich sei weg. Ich versuchte, sie zu beschwichtigen: ‚Komm, Julia: We can work it out! Du wirst sehen: It's getting better'. – ‚Ob-La-Di, Ob-La-Da. Das ist doch immer dasselbe Gewäsch, das du hier erzählst. Hör mal, it's all too much. Bei dir läuft doch ständig the continuing story of Bungalow Bill. Genierst du dich gar nicht? Dabei ist deine Mutter doch ach so versessen auf die Treue. Ich sag' dir: Your mother should know'. – ‚Laß meine Mutter aus dem Spiel!' schrie ich, und, na ja, der Rest war she's leaving home, und bei mir ist seitdem cry baby cry."

„Ach, mach dir nichts draus. Tröste dich: Everybody's got something to hide except for me and my monkey."

„Seit wann hast du einen Affen?"

„Hab' ja gar keinen, aber das sagt man halt so. He, sei stark: Boy, you're gonna carry that weight!"

„Ja, danke für deine netten Worte, aber du mußt verstehen: Ich lebe eigentlich nach der Maxime ,All you need is love'."

„Oh, das ist aber prinzipiell kein dankenswerter Grundsatz. Meine Lebensphilosophie lautet: ,Coffee & TV'."

„Das ist aber kein Beatles-Song. ,Coffee & TV' ist von Blur."

„Ach ja?"

„Ja."

„Na und? Als ob nur die Beatles gute Lieder hätten."

„Das sagt ja keiner, aber sie waren halt doch die Besten."

„Ehrlich gesagt, ist mir das scheißegal. Boah, I'm so tired."

„Am liebsten würde ich einen silver hammer nehmen und hier alles kurz und klein schlagen!"

„Ach was, das bringt doch nichts. Komm, wir machen uns einen schönen Abend."

„Ja, du hast recht, recht hast du."

Und so versuchten die beiden, ihren Vorsatz in die Tat umzusetzen. Na ja, der Abend wurde dann doch nicht ganz so schön. Wir leben halt nicht mehr in den Sechzigern. Gott sei Dank oder ach wie schade oder was auch immer, aber auf jeden Fall:

The End

Im Zimmer meiner Ex-Freundin

von Arno Endler

1965 war ein hoffnungsvolles Jahr für meine Eltern, zumindest für meine Mutter, da sie entschlossen war, eine Tochter zur Welt zu bringen. Doch zur allgemeinen Überraschung wurde ein Junge geboren – ich.

Als ich meinen fünften Geburtstag feierte, trennten sich die Beatles. Dieses Ereignis verpaßte ich völlig, noch ganz gefangen von den herrlichen Kinderliedern, die es zu entdecken gab.

Ich war bereits fünfzehn Jahre alt und wartete im Dezember auf das Weihnachtsfest, als die Nachricht, daß John Lennon erschossen worden war, meine Mama weinen ließ. Mich rührten ihre Tränen, doch mehr beschäftigte mich die Frage, ob ich am Heiligen Abend das ersehnte Fahrrad vorfinden würde.

Einer meiner Freunde wünschte sich dringend eine wirklich gute Stereoanlage mit Kassettendeck. Er schilderte mir in allen Einzelheiten die Qualitäten des Equipments, das sein Vater ihm schenken würde.

Ich verstand das nicht. Denn ich besaß einen simplen Plattenspieler, auf dem zumeist Hörspiele oder die alten Scheiben meiner Eltern liefen – in doppelter Geschwindigkeit, damit es sich lustiger anhörte. Wenn im Radio Pop, Rock oder andere Musikstile gespielt wurden, schaltete ich weg.

Zwei Jahre später hatte sich an diesem musikalischen Desinteresse nichts geändert. Stattdessen war eine bisher unbekannte Leidenschaft in den Vordergrund gerückt. Sie hieß Maike und war so weich, so warm und auf ihre Art unglaublich liebenswert. Wir verbrachten Stunden in der Bibliothek, sogar Spaziergänge lernte ich zu schätzen, solange Maikes Hand in meiner lag. Wir gingen schon drei Wochen miteinander, als ich zum ersten Mal ihr Zimmer betreten durfte.

Eine andere Welt tat sich auf: die eines Mädchens!

Das Bett voller Kuscheltiere, an den Wänden Poster mir unbekannter Musiker, der Schreibtisch aufgeräumt. Eine Wand des Zimmers wurde von einer gewaltigen Plattensammlung, zwei halbmeterhohen schwarzen Lautsprecherboxen und einer futuristischen Stereoanlage in einem Regalsystem beherrscht. Ich hatte meinen Lebtag noch kein Gerät gesehen, das über derartig viele Knöpfe, Regler, Schalter und Skalen verfügte.

Beeindruckt schwieg ich.

Maike nicht. Da sie im Regelfall das Reden für uns beide übernahm, sah sie auch jetzt keinen Grund, meine stille Musterung des unbekannten Kontinents zu respektieren.

„Na?!" rief sie in den Raum hinein.

„Wow!" antwortete ich, weil mir die Worte fehlten.

„Wie gefällt dir mein Zimmer?"

„Wow. Ich …"

„Es ist nicht so groß wie das meiner Schwester, aber wenn sie ausgezogen ist, kriege ich ihres. Dann habe ich auch endlich den kleinen Balkon. Ich liebe diesen Balkon. Im Sommer sitzt Leni draußen und sonnt sich. Dann bin ich immer furchtbar neidisch, weil sie mich nicht läßt. Du kannst von Glück sagen, daß du keine Schwester hast."

„Ja."

„Das ist die Hölle, sag ich dir. Ich kriege nicht mal den rosa Pulli, dabei paßt er ihr gar nicht mehr. Sie sieht darin aus wie eine Leberwurst."

Ich nickte weise und starrte dabei wieder die Schallplatten an, die dichtgedrängt in den Regalen standen.

„Das sind nicht alle meine."

„Aha?"

„Die gehören auch meinem Papa. Die allermeisten, darunter ein paar wirklich coole Aufnahmen. Was hörst du denn so?"

„Ach, dies und das", antwortete ich ausweichend. Musik war ja so gar nicht mein Thema.

„Ich steh ja im Augenblick total auf Roxy Music. *Avalon* ist einfach spitze. Ich steh total auf den Lead-Sänger! Wie findste denn Roxy Music?"

„Jo, is schon in Ordnung!" Es wurde langsam peinlich.

Maike ging auf die Anlage zu und schaltete sie ein. Tausende Lichter blinkten, ein leises Knacken ertönte aus den Boxen. Ich wurde in den Sog der Musik gezogen, während mein Mädchen eine Platte nach der anderen auflegte. Mehr als ein paar Takte gewährte Maike keiner Scheibe, schon nach Sekunden nahm sie die eben angespielte LP wieder vom Teller und legte die nächste auf. Fasziniert streichelte ich die Daunendecke auf ihrem Bett, wo ich Platz genommen hatte. Ich stellte mir vor, daß dieser Stoff die weiche Haut eines Mädchens berühren durfte.

„Das ist es!" rief Maike und weckte mich aus meinen Träumen.

Sie wählte eine Platte, holte sie aus der Hülle, legte sie auf und suchte nach der richtigen Rille. Es erklang ein merkwürdiges Lied, das ich mit meinen bescheidenen Englischkenntnissen nur dürftig verstand. Mit *Love, love, love ...* konnte ich noch etwas anfangen, aber dann versagte mein musikalisches Gehör, verdrängt von der Sensation an meiner Seite. Denn Maike hatte sich neben mich gesetzt, nahm meine Hand und lehnte sich an meinen Körper. Mir wurde warm.

„Ist das nicht schön?" fragte sie.

Ich mußte etwas sagen. Unbedingt! Etwas, was der Situation angemessen war. Etwas, das sie beeindrucken würde.

„Das ist von nun an unser Lied!" hauchte sie mir ins Ohr.

Ergreif die Initiative, Junge! Sei ein Mann! Die Stimmen in meinem Schädel feuerten mich an. Doch mein Gehirn stotterte im Leerlauf und spie das erste aus, was es heute gelernt hatte.

„Roxy Music sind wirklich super. Ich kann verstehen, was du an ihnen findest!" Die ersten längeren Sätze an diesem Tag. Für einen Moment war ich stolz, bis sie mir ihre Hand entzog und den Platz neben mir räumte.

„Das sind die Fab Four!" brüllte meine Angebetete.

„Wer?" war die letzte Frage, die ich ihr stellen sollte.

„Die Beatles. Die größte Band aller Zeiten! Du kennst die Beatles nicht?"

Ich schüttelte unglücklich den Kopf.

„Paul McCartney? John Lennon? George Harrison? Ringo Starr?"

Bei jedem Namen senkte ich den Blick ein wenig tiefer.

Sie warf mich hinaus.

Auf einem Beatles-Cover-Band-Konzert traf ich sie wieder. Sie erkannte mich sofort, ich hingegen hatte Schwierigkeiten, die doppelte Menge Mensch mit dem schlanken Teenager von damals in Verbindung zu bringen. Auch ihr Sinn für Humor war mit den Jahren nicht größer geworden.

Auf dem Konzert spielten sie die schönsten Beatles-Songs, und ich sang sie alle mit. Denn nach jenem geplatzten Date hatte ich mich wie ein Süchtiger auf die Lieder der Pilzköpfe gestürzt.

Eine Platte nach der anderen legte ich mir zu und hörte sie immer und immer wieder. Es war unmöglich, nicht von den Melodien und Texten begeistert zu sein.

Mein Lieblingssong blieb jedoch über all die Jahre „All you need is love". Jenes Lied, das ich im Zimmer meiner Ex-Freundin zum ersten Mal hörte.

Spoiling the Party
von Cornelia Koepsell

Annas fünfzehnter Geburtstag lag vier Monate zurück. Es war immer noch nicht passiert.

Sie traute sich kaum mehr, den Mädchen ihrer Klasse unter die Augen zu treten. Alle ihre Mitschülerinnen hatten es hinter sich, lächelten wissend, kicherten, tuschelten. Anna stand abseits und trat von einem Fuß auf den anderen.

In der Tanzstunde wurde sie nie aufgefordert. Es gab einen Mädchen-überschuß. Anna ähnelte einer Zehnjährigen: kein Busen, kein Hintern, kein Schmollmund, ängstliche Augen. Nur ihre Beine glichen denen eines Rehs. Das Ideal der Jungen war Brigitte Bardot.

Das Schlimmste: Anna war bis heute ungeküßt.
   Sie beschloß, den unwürdigen Zustand zu beenden. Am Wochenende würde sie bei der Freundin übernachten, mit ihr auf eine Fete gehen.
   Diese fand in einem Keller statt. Bei Schummerlicht wurden die Beatles gespielt, rund herum standen alte Sessel und Sofas.
   Paare, die sich gerade erst gefunden hatten, rieben sich im Takt der Musik aneinander. Es unterschied sich stark von dem, was in der Tanz-stunde gelehrt wurde. Foxtrott und Walzer konnte Anna mangels Übung sowieso nicht. Das rhythmische Aneinanderreiben würde sie vielleicht schaffen. Allzu schwer sah es nicht aus.

Das Licht erlosch. Die Paare tasteten sich zu den Sitzgelegenheiten.

Der Junge, der Anna zu den Klängen von „Hey Jude" hin- und her-schob, dessen schwerer Kopf auf ihrer Schulter lag, seine Arme waren um sie gewickelt, er gefiel ihr nicht besonders. Jedoch sie mußte es hinter sich bringen. Es war eine Frage der Ehre.

Er war groß. Das Gesicht flächig. Seine Hände feucht.
   Es geht ums Küssen. Ich muß nicht seine Hand halten, tröstete sie sich.

Das Licht erlosch. Schon vorher hatte er sie zum Sofa bugsiert. Anna spürte etwas Nasses auf dem Gesicht, einen Lappen oder so. Es dauerte eine Weile, bis er ihren Mund gefunden hatte. Annas Gesicht war besabbert, als hätte ihre Bulldogge Martha es geschafft, trotz Gegenwehr darüberzuschlecken.

Der Lappen schob sich in Annas Mund, füllte ihn aus. Ihr Körper erstarrte.

Lieber Gott, hilf mir, dachte sie.
Der Lappen rührte weiter.
„Let it be", sangen die Beatles.
Davon schwärmen sie alle, dachte Anna erbost.

Der Junge hörte auf und schnaufte erschöpft vor sich hin.

Rund zwei Wochen später geschah es wieder. Eine neue Fete, ein neuer Junge. Er gefiel ihr. Sie konnte nicht genug kriegen. Schade, daß er so zugekifft war. Am nächsten Tag erkannte er Anna nicht. *She would hate her disappointment to show.*

Die armen Friseure von Liverpool

von Silvia Friedrich

„Du siehst aus wie einer von den Beatles", sagte ich zu meiner Schwester Ulla, die acht Jahre älter, schwarzhaarig und überhaupt ganz anders war als ich. Sie strahlte und wollte wissen, welchen der vier ich meinte.

Ich war sieben, und Ulla überragte mich um mindestens einen Meter. Daß sie einen dunklen Pagenkopf trug, konnte ich aber auch von unten sehen. Und diese Frisur glich der von George Harrison. Das sagte ich Ulla aber nicht. Ich tat so, als ob mir der Name des Musikers beim besten Willen nicht einfallen wollte, merkte ich doch, daß sie enttäuscht gewesen wäre. Denn jedes Mädchen ab dreizehn träumte von keinem anderen als Paul McCartney und wollte ihm auch optisch nahe sein.

So freute sich Ulla über ein Kompliment, das eigentlich keines war, denn George wirkte mit seinem Pagenkopf ziemlich doof. Genau wie Ulla damals, aber die Haartracht galt als praktisch für Landkinder. Mir hatte man ebenfalls diesen Topfrundumschnitt verpaßt. Daß ich blond war, machte es nur geringfügig besser. In der *Bravo*, die sich Ulla von ihrer besten Freundin Traudi auslieh, gab es den Starschnitt der Beatles. Traudi sammelte fleißig jeden Schnipsel und klebte in ihrem Zimmer alles an die Wand. So etwas hatte ich noch nie gesehen, und ich stand staunend davor. Ob sie im Dunkeln nicht erschrak vor den beinahe lebensgroßen Figuren? Der Peter-Kraus-Starschnitt hing daneben, schon lange komplett und inzwischen ein wenig zerfleddert. Ein unsagbar häßlicher Mensch, fand ich. Er sah aus wie ein Bauer aus unserem Dorf, der seine Riesenzähne ebenfalls nicht in seinem Mund unterbringen konnte. Neben Peter Kraus wirbelte eine kesse Conny Froboess mit aufgetürmter Frisur und Petticoat über die Tapete. Wie sie wohl zu ihrem dämlichen Nachnamen gekommen war? Ja, was denn nun? „Froh" oder „boes"? Beides ging doch nicht!

Ihre Musik schallte aus jeder Dorfkneipenmusikbox und gefiel mir ganz gut. Besser jedenfalls als die Töne des Jungen mit den Riesenzähnen. Und während Ulla, bewaffnet mit Kamm und Haarspray, schon frühzeitig versuchte, aus ihrem Pagenkopf eine Conny-Froboess-Frisur zu zaubern, war ich glücklich, noch Jahrzehnte von derlei weiblichem

Zwangsverhalten entfernt zu sein. Wenn es nach mir ging, wollte ich da auch niemals hin.

„Wem sehe ich denn nun ähnlich?" fragte Ulla und wurde ungeduldig. Sie betrachtete sich von allen Seiten im dreiteiligen Schlafzimmerspiegel der Eltern und drehte den Kopf hin und her. Ich reizte das Spiel noch etwas aus, sprach wieder von einem der vier Beatles, dessen Name mir aber ausgerechnet jetzt partout nicht einfallen wolle, um so bedauerlicher, als ihre Ähnlichkeit mit ihm nahezu perfekt sei. Sie zählte nacheinander die Namen der vier Briten auf, und ich überlegte bei jedem krampfhafter, um dann doch wieder ein *Neindernicht* in den Spiegel vor uns zu sagen. Wenn sie zwangsläufig auf George Harrison kam, variierte ich meine Antwort in ein *Ichweißnichtmehrwiederaussieht* um.

So ganz konnte ich ihre Euphorie nicht verstehen. Immerhin hatte ich sie ja nicht mit Liz Taylor verglichen, sondern mit einem Mann. Und der hätte ja auch Ringo Starr sein können. Ich ärgerte mich, überhaupt etwas gesagt zu haben. Irgendwann mußte ich mit der Wahrheit herausrücken, und dann würde sie mich vielleicht verhauen.

Wenige Jahre später verkleidete sich Hans-Joachim Kulenkampff im Fernsehen in einen Beatle. Zusammen mit drei anderen Herren in Schwarzweiß machte er das „Yeah-Yeah-Yeah" samstagabendtauglich. Und obwohl eine Fernsehzuschauerin in einem Leserbrief an die *HörZu* die armen Friseure von Liverpool bedauerte, lernten wir in der Schule etwas über die Beatlemania. Ich wunderte mich sehr über den Fortschritt, wo doch in jeder Ecke des Schulgebäudes die prüde Strenge der Fünfziger klebte.

Doch selbst die Lehrerin, die uns zu Beginn der fünften Klasse einen todernst gemeinten, verbogenen Rohrstock vor die Nasen hielt, konnte nichts mehr aufhalten. Ulla hatte inzwischen mit unserem älteren Bruder eine Band gegründet. Heimlich sahen sie sich Samstag nachmittags den *Beatclub* an. Immer auf der Hut vor unserem Vater, der seit dem Krieg mit dem Leben abgeschlossen hatte und durchaus zuschlug, wenn es ihm zuviel wurde.

Ich hätte Ulla so gerne noch gesagt, mit wem ich sie immer verglichen habe zu Beginn der Sechziger. Dazu ist es nie mehr gekommen. Leider gewöhnte sie sich mit der Liebe zur Musik auch das Rauchen an. George und sie starben an der gleichen schlimmen Krankheit.

George, falls du sie siehst: Sage ihr, damals … das war nicht so ge- meint.

Das Pilzkopf-Orakel
von Anja Labussek

Manche Menschen, die Rat suchen, vielleicht sogar in die Zukunft blicken wollen, befragen die Karten oder das Pendel. Meine Großmutter Elisa zählte nicht dazu. „Humbug!" lautete ihr knapper Kommentar zu diesem Verhalten. Neugierig auf das, was kommen würde, war sie dennoch: Sie huldigte dem Pilzkopf-Orakel, wie sie es augenzwinkernd nannte.

An einem Samstag im Frühsommer beschloß sie, mich – ihre einzige Enkelin – in das Geheimnis einzuweihen. Wir saßen in ihrer Küche bei einer Tasse Tee, während die Sonne hereinschien und Muster auf die pergamentene Haut meiner Großmutter malte. Seit einigen Wochen hatte ich Elisa nicht gesehen. Sie wirkte dünn und blaß, aber zugleich ungewöhnlich aufgekratzt.

Das Orakel funktioniere ganz einfach, erklärte sie mit einem verschwörerischen Lächeln. „Du formulierst im Geiste eine Frage und denkst mit aller Kraft daran. Dann legst du mit geschlossenen Augen die Beatles auf, setzt die Nadel des Plattenspielers an eine beliebige Stelle und hörst das Lied. Darin findest du die Antwort."

Erst jetzt bemerkte ich, daß sie ihren alten Grundig-Apparat auf die Anrichte gestellt hatte. Ich schüttelte den Kopf: „Ist das dein Ernst? Du triffst Entscheidungen an Hand zufällig ausgewählter Beatles-Songs?"
   „Ja, warum auch nicht?" Ein Hauch von Trotz zeigte sich auf ihrem Gesicht. „Andere Leute gehen zu zwielichtigen Wahrsagern oder Lebensberatern und lassen sich dort das Geld aus der Tasche ziehen. Nein, da sind mir vier nette Jungs aus Liverpool lieber!"

Ich rührte in meiner Teetasse und verkniff mir die Bemerkung, daß wir das Jahr 2006 schrieben und John Lennon und George Harrison schon im Jenseits weilten, während Paul McCartney – mittlerweile im Rentenalter – vor allem durch seine Scheidungsschlacht von sich reden machte. Und Ringo Starr? Keine Ahnung, was der so trieb. Aber für Großmutter Elisa waren sie noch immer die netten Jungs von einst. Widerspruch zwecklos.

In meiner Kindheit hatte sie mir gerne die Lieder der Beatles vorgespielt und von der Band erzählt, deren große Zeit in den Sixties lag, fast zehn Jahre vor meiner Geburt. „Ihre Konzerte! Wunderbar, vor allem die im Star-Club auf der Großen Freiheit!" schwärmte sie dann mit funkelnden Augen, so, als wäre sie mittendrin gewesen. Dabei hatte sie den überwiegenden Teil ihres Lebens in der hessischen Provinz verbracht und Hamburg nie besucht, von Liverpool ganz zu schweigen.

Vielleicht war sie damals heimlich in einen der Pilzköpfe verliebt, selbst wenn die ihre Söhne hätten sein können. Vielleicht schienen sie ihr auch einfach das Tor zur großen, weiten Welt. Als Kind fragte ich nicht danach. Und eines Tages fühlte ich mich zu alt, um mich von *Octopus's Garden* oder *I Want To Hold Your Hand* in den Schlaf singen zu lassen. Ich begann, mich für Synthie-Pop zu begeistern und fand die Beatles altmodisch. Sie spielten keine Rolle mehr für mich – bis zu jenem Tag, an dem Oma Elisa mir von ihrem Orakel erzählte.

„Du solltest es auch probieren!" Sie blickte mich auffordernd an. „Wenn man es einmal zu schätzen gelernt hat, will man es nicht mehr missen."

„Aber wer hat denn heute noch einen Plattenspieler?" Eine andere Erwiderung fiel mir spontan nicht ein. Schließlich lebten wir im Zeitalter der CD- und MP3-Player.

„Ich zum Beispiel", gab sie zurück. „Und ich will ihn dir schenken."

Schwerfällig stand sie auf, ging zu dem alten Gerät hinüber und strich mit ihrer knochigen Hand über seine Holzverkleidung. „Ich möchte, daß du meine kleine Tradition fortführst."

„Wie kommst du denn auf diese Idee?" fragte ich perplex. Aber sie ging nicht auf meine Worte ein, sagte nur: „Was hätte ich in all den Jahren bloß ohne die vier gemacht!"

Da war es wieder, das Leuchten in ihren Augen, wie früher: „Weißt du, Kleines, nach dem Tod deines Opas habe ich auf eine zweite Ehe verzichtet, weil das Orakel meine Heiratspläne mit *You say yes, I say no!* kommentierte. Kannst du dir meine Enttäuschung vorstellen? Aber ich bin ja von einem launigen *Ob-la-di, ob-la-da, life goes on* getröstet worden. Danach verbrachte ich auf Anraten der Beatles viel Zeit in den Erdbeerfeldern der Umgebung, um dort neue Kraft zu tanken."

„Ja, aber …", versuchte ich einzuhaken, doch sie sprach einfach weiter: „Was meinst du eigentlich, wer mir geholfen hat, als ich neulich diese schlimme Grippe hatte: Dr. Robert! Empfehlung vom Pilzkopf-Orakel!"

Widerspruch zwecklos, dachte ich erneut.

„Versprich mir, Kind", dabei blickte sie mir eindringlich in die Augen, „daß auch du es befragen wirst! Noch heute abend! Versprich es mir!" Wie hätte ich ihr diesen Wunsch abschlagen können?

Elisa begann zu husten, so laut, daß ich fürchtete, besagten Dr. Robert rufen zu müssen. Doch als ich aufspringen wollte, winkte sie ab. Alles in Ordnung, beruhigte sie mich.

Wenig später saß ich in meinem VW Käfer und steuerte die Autobahn Richtung Frankfurt an – im Gepäck den alten Grundig und einen Stapel Beatles-Platten. Aber nur, weil du's bist, Großmama, dachte ich, während ich ihr Teerosen-Parfum roch, das seit unserer Abschiedsumarmung an mir haftete.

Den Plattenspieler stellte ich neben meinen chromglänzenden CD-Player ins Wohnzimmerregal und schloß ihn an den Verstärker an. Das arrangierte Spiel mit den Kontrasten wirkte durchaus reizvoll.

„Wer hätte gedacht, daß du mir nichts, dir nichts Gesellschaft aus der Vergangenheit bekommst?" sagte ich zum Player. Meine Großmutter war eben immer für eine Überraschung gut.

Die Cover breitete ich auf dem Teppich vor mir aus und betrachtete sie lange. Auf jedem vier junge Männer, mal mit Kochtopffrisuren, mal mit langen Haaren, im Gänsemarsch über einen Zebrastreifen gehend oder als Zeichentrickfiguren vor einem gelben U-Boot. Nette Jungs, zweifellos. Aber ob sie als Wahrsager taugten, als Orakel von Liverpool? Bisher hatte ich mich reibungslos durchs Leben manövriert, auch ohne den Rat von Paul, John, Ringo und George. Doch versprochen war versprochen.

Ich ließ die Rollläden herunter, zündete eine Kerze an und ein nach Patchouli duftendes Räucherstäbchen, das sich zufällig in meiner Küchenschublade gefunden hatte. Zu weiteren esoterischen Zugeständnissen war ich nicht bereit.

„Liebes Pilzkopf-Orakel!" sprach ich laut und versuchte, so ernsthaft wie möglich zu klingen. „Bist du in der Lage, mir deine Daseinsberechtigung zu verraten?"

Mit geschlossenen Augen griff ich nach einer der Papphüllen, zog die Vinylscheibe heraus und legte sie auf den Plattenteller. Dann nahm ich den Arm mit der Nadel und senkte ihn behutsam ab. Wann hatte ich in den letzten Jahren je eine LP aufgelegt? Ich mußte mir eingestehen, es besaß etwas Feierliches.

Untermalt von einem Knacken und Knistern, drangen indisch-arabisch anmutende Töne aus meinen Lautsprecherboxen, die nach Bauchtanz klangen und nach Märchen aus tausendundeiner Nacht. Das sollten die Beatles sein? Da hörte ich auch schon eine Stimme singen:

The farther one travels
the less one knows
the less one really knows

Arrive without travelling
see all without looking
do all without doing

Die fremdartigen Töne lullten mich ein, während die Worte mich gefangennahmen. Ankommen, ohne zu reisen, sehen, ohne hinzuschauen – sibyllinische Aussagen. Zufall? Oder ein kleiner Scherz der „Fab Four"? Das Pilzkopf-Orakel offenbarte sich, indem es sich mir verweigerte. Es war lächerlich und faszinierend zugleich.

Als am nächsten Morgen das Telefon klingelte, wußte ich alles, noch bevor ich den Hörer abgenommen hatte.

„Sie ist friedlich eingeschlafen", sagte meine Mutter mit einem feinen Vibrieren in der Stimme.

„Einen sanfteren Tod hätte sie nicht haben können", antwortete ich krächzend.

In diesem Moment schienen Floskeln der einzige Weg, das Unfaßbare zu begreifen.

Der Sommer verlor in jenen Tagen seine Farben. *Elisa*, schoß mir der Name meiner Großmutter wieder und wieder durch den Kopf, so lange, bis er sich zu einer abstrakten Buchstabenfolge gewandelt hatte. Den Plattenspieler rührte ich nicht an, ich konnte es nicht.

Am Abend vor der Beerdigung tat ich es doch. Ich dachte an salbungsvolle Pastorenworte, an getragene Orgelklänge und daran, daß ich nicht auf diese Weise Abschied von meiner Großmutter nehmen wollte. Sie war nun nicht mehr da, aber die Beatles-Musik blieb. Ich konnte sie abspielen, wann immer ich wollte – heute, morgen, übermorgen, *here, there and everywhere*. Und vielleicht saß Elisa irgendwo, Arm in Arm mit John und George, und wartete gespannt auf das, was ich tat.

Diesmal zog ich die Vorhänge nicht zu, sondern ließ das Tageslicht ins Zimmer und stellte eine weiße Rose in eine Vase. Keine Frage an das Orakel, als ich mit geschlossenen Augen eine Schallplatte auflegte. Sollte es kommen, wie es kommen mußte.

You say goodbye, I say hello

Vertraute Töne drangen an mein Ohr, heiterer Gesang von Elisas Helden. Gerne hätte ich geweint, aber die fröhliche Melodie verbot es mir.

Hello hello,
I don't know why
you say goodbye
I say hello

Ich sog die Musik auf, lauschte meinem Atem, bis nur noch dieser Song und ich auf der Welt existierten, sonst nichts – oder doch? Mit einem Mal konnte ich neben der männlichen Singstimme eine weibliche erkennen. Sie klang ganz leise, wie von sehr weit weg, aber sie war da. Unüberhörbar.

Yesterday
von Elke Schleich

Regen an der Fensterscheibe. Regen in seinem Kopf. Die Gedanken rinnen in die Vergangenheit. Als wäre es gestern gewesen …

Das erste richtige Rendezvous mit ihr, ohne die Clique. In der „Molli", dem Tanzlokal, das diese Bezeichnung kaum verdiente und doch eine Zeitlang zweite Heimat für sie beide war. An einem Wochentag war es. Mittwoch? Oder Donnerstag?

Unwichtig. Wichtig nur, daß er sich mit Anne treffen durfte. Am frühen Abend schon, denn sie mußte um neun zu Hause sein.

Sie hatte ihre kleine Schwester mitgebracht. Jutta. Erst ärgerte er sich ein wenig darüber, aber dann fand er sie niedlich. Sommersprossen, Lachen in den braunen Augen. Wie Anne, nur fünf Jahre jünger.

Sie saßen zu dritt im Lokal, und draußen prasselten dicke Tropfen auf die Straße.

„Hast du einen Schirm mit?" fragte er Anne.

Sie schüttelte den Kopf. „Du?"

„Nein. – Dann müssen wir eben hierbleiben, bis es aufhört."

Jutta kicherte. Er grinste und bestellte Cola und eine Packung Erdnüsse für sie. „Machst du mal Musik für uns?"

Sie nahm die Groschen und verzog sich zur Jukebox.

„Warum hast du sie mitgebracht?"

„Nur so."

Ihren hochgezogenen Schultern glaubte er nicht. Aber weshalb hatte sie ja gesagt, als er am Samstag fragte, ob sie sich einmal ohne die anderen treffen könnten?

Ein vorsichtiger Blick traf ihn. Unter ihren langen Ponyfransen kam er hervor, blitzte ihn an und verschwand wieder. Er legte den Arm um sie, und im gleichen Moment erklang *Love Me Do*.

Jutta an der Musikbox winkte ihnen zu. „Wollt ihr nicht tanzen?" rief sie herüber.

Diese winzige Tanzfläche mit der glänzenden, sich drehenden Silberkugel darüber. Und nur sie beide darunter.

Er sieht es vor sich, ganz deutlich. Schmerzlich deutlich.

Das nächste Lied, von Jutta ausgewählt. Wehmut, Trauer und Hoffnung gleichermaßen – *Yesterday*. Langsames Bewegen im Kreis zu der einhüllenden Melodie. Keiner machte sich Gedanken um den Text und seine Bedeutung. Ihre Körper dicht beieinander, die Silberkugel zeichnete schimmernde Flecke auf Annes langes Haar, ihren schwarzen Rollkragenpullover … Stille, als das Lied zu Ende war und sie voreinander standen.

Befangen setzten sie sich schließlich, ohne ein Wort.

„Keine Groschen – keine Musik. Haste noch welche?" Die kleine Schwester war auf einmal am Tisch und streckte die Hand aus.

Sie lachten beide. Befreit und doch mit leichtem Bedauern. Jutta zwinkerte ihm zu, bevor sie mit einer Handvoll Münzen wieder abzog.

Zu *A Hard Day's Night* twistete Jutta vor der Jukebox mit. Hinter dem Tresen Molli, die Wirtin; sie strahlte über das ganze Gesicht, während sie die Gläser putzte.

Annes Wangen waren gerötet, als erneut *Yesterday* erklang. Wiegen zur Musik, ihr Kopf an seiner Schulter. Er atmete den Duft ihres Haares ein, träumte sich mit ihr davon.

Wie oft Jutta die gleiche Tastenkombination wählte, weiß er nicht mehr. Jedes Mal, wenn die letzte Zeile gesungen war, blieben sie dicht beieinander stehen, ließen sich nicht los.

Als sie zu dritt zur Haltestelle gingen, schickte er Jutta zum Schaufenstergucken um die Ecke. Es hatte aufgehört zu regnen, trotzdem suchten sie in einer Toreinfahrt Schutz.

„Ich darf den Bus nicht verpassen", sagte Anne.

„Deine Schwester achtet schon darauf."

„Das wird sie wohl."

„Sie ist dir ähnlich, ich mag sie."

„Ach …"

„Und dich", ergänzte er unbeholfen.

Ihre Hand berührte seine Wange, und er sah im Dunkeln ihre Augen funkeln. Oder bildete er sich das nur ein?

Weiche, kühle Lippen, Pfefferminzatem – „Faam rot". Er spürte ihren Herzschlag durch den Jackenstoff.

„Der Bus kommt!"

Der erste Kuß nahm ein jähes Ende.

Suddenly, I'm not half the man I used to be,
there's a shadow hanging over me,
oh, yesterday came suddenly

Die Zeilen begleiten seine Erinnerung. Ihn fröstelt. Pfützen auf dem Asphalt, Tropfen sprengen Hunderte kleiner Kreise hinein. Spiegelndes Laternenlicht wird vom Wind verzerrt. Er schließt die Lider, sie sind aus Sandpapier.

Es kann nicht sein, daß das alles vierzig Jahre und länger her ist. Es war doch erst gestern!

Ihr erster Kuß in der Toreinfahrt.

Und dann, nach fast einem Jahr: Ihre Eltern waren übers Wochenende mit dem Kegelclub verreist. Jutta übernachtete bei einer Freundin. Kerzenlicht auf dem gedeckten Tisch, Fondue für zwei, Rotwein.

Später sah er sie im sanften Schein der Stehlampe auf dem Bett sitzen. Wunderschön. Ihr Haar, das über die Schultern bis zu den Brustspitzen fiel. Der süße Bauchnabel über dem weißen, unschuldigen Slip.

Er schaltete das Tonband an. *I Need You*, während er sie liebkoste und vorsichtig ihren Körper erkundete.

Ob sie die Musik wahrnahmen? Er weiß es nicht mehr. Aber danach, als sie aneinandergeschmiegt lagen und sie zärtlich Muster auf seinen Rücken malte, sang Paul sein *Yesterday*. Sie schliefen zusammen dabei ein, und er hörte es in seinen Träumen.

Wie viele unzählige Male sind sie seit jener Nacht so miteinander eingeschlafen …

Es kommt ihm so vor, als könne er immer noch ihren Geruch wahrnehmen, ihre Haut schmecken, in ihre wachen, graugrünen Augen sehen. Der Reif um seine Brust wird mit jeder Erinnerung enger.

Heute haben sie es zum letzten Mal gespielt – für sie.

Suddenly, I'm not half the man I used to be,
there's a shadow hanging over me,
oh, yesterday came suddenly

Sie fuhren sie hinaus, und er folgte mit den anderen. Weniger als die Hälfte des Mannes, der er einmal war.

98

Ach, Anne ... Gestern war so verdammt plötzlich da, denkt er.

Keine Regentropfen mehr. Versiegt wie seine Tränen. Aber er kann sich nicht wegbewegen vom Fenster.

Es dauert, bis er die Berührung an seinem Arm bewußt wahrnimmt. „Komm." Eine leise Stimme. Sein Schmerz will sie nicht hören. Die Berührung an seinem Arm verstärkt sich zu leichtem Druck. „Komm, ich hab uns Tee gemacht."

Langsam wendet er den Kopf. Keine graugrünen Augen. Braun sind sie, tiefbraun. Und doch sind sie und die Sommersprossen rings um die Nase sein einziger Trost.

Ich bin die Beatles

von Stefan Schneider

Ich bin nicht der Bruder meiner Schwester, der Cousin meiner Cousine. Ich bin nicht das Kind meiner Eltern. Absolut unmöglich! Quasi alles unterscheidet mich von ihnen, die mich aufgenommen, großgezogen und all die üblichen Sorgen mit mir durchgemacht haben. Nicht nur, daß ich weder meinem Vater, meiner Mutter noch meiner Schwester in irgendeiner Art ähnlich sehe, ich fühle mich diesen Leuten grundsätzlich wesenfremd. Was ist mein Geheimnis? Warum diese Familie? Warum wurde ich ausgerechnet bei diesen netten, einfachen Menschen ausgesetzt?

Ich weiß keine Antworten. Natürlich habe ich lange mit der Vorstellung geliebäugelt, schlichtweg ein Außerirdischer zu sein. Ein Königssohn aus einem im Krieg befindlichen Sternensystem, hier versteckt gehalten, bis ich nach dem Friedensschluß triumphalen Einzug auf meinem Heimatplaneten halte. So eine Art Luke Skywalker. Das tröstete mich eine Weile. Zumal ich in meinem Vater von Zeit zu Zeit einen kleinen Darth Vader aufblitzen sah. Aber wie sehr ich auch daran arbeitete, daß die Macht mit mir war, so sehr ich mein Kettcar kraft meiner Gedanken fliegen lassen wollte, es klappte nie. Und erst die Lehrer in der Schule! Keiner sah aus wie Meister Joda, keiner zeigte sich bereit, das Wesentliche zu offenbaren: die Beherrschung der dunklen Mächte in mir und die Rettung dieses Planeten. Als man mich dann anstatt zur Sternenflotte auf die Hauptschule delegierte, warf ich den umgebauten Besenstiel, der mir als Laserschwert gedient hatte, frustriert in den Mülleimer.

Selbst wenn ich kein Alien bin, irgend etwas stimmt ganz und gar nicht mit meiner Herkunft. Nach wie vor. Stundenlang betrachte ich mich genau im Spiegel. Wer bin ich? Wer könnte ich sein? Diese lange, grobschlächtige Nase da mitten in meinem Gesicht. Diese großen, neugierigen Augen, die mich unschuldig anblinzeln. Zu wem gehört das alles?

Ich habe angefangen zu suchen. Ich habe gesucht und gesucht. Eine Zeitlang war ich der festen Überzeugung, ich sei Christopher Lambert in „Der Highlander". Oder nein, der Dalai Lama. Van Gogh. Krishnamurti. Oder am Ende doch gar Nietzsche?

Wie intensiv ich auch forschte, ich unterschied mich mehr von diesen Menschen, als daß ich ihnen glich. Und zwar gewaltig. Was tun, wenn man nirgends ist? Wenn man sich nirgendwo wiederentdeckt? Ich habe angefangen zu trinken. Jeden Tag. Dabei die Musik von früher gehört: die Beatles. Die Musik, mit der ich damals die trügerische Hoffnung verband, ich schaffe das alles. Ich gehe es an. Ich finde mich. Aber nichts von alledem! Ich blicke auf mich und denke: Bin ich nicht der gleiche *Nowhere Man*, der gleiche *Loser* wie als Heranwachsender? O je, ich bin der *Fool On the Hill*, ich bin *so tired*. Nein, da sind keine *Strawberry Fields Forever*. Mit vierzig habe ich bereits gefühlte *sixty-four* auf dem Buckel. Also lege ich die entsprechenden Lieder auf: *Let It Be*, *Hello Goodbye*, *You Won't See Me*, *Sgt. Pepper's Lonely Hearts Club Band*, *Help*. Immer von neuem *Help*. Das war schon als Kind so.

Beim tausendsiebenhundertachtzehnten Hören von *Hey Jude* fiel dann endlich der Groschen. Mitten in der Nacht. Stocknüchtern. „Take a sad song and make it better", singt Paul. Warum bin ich nicht gleich darauf gekommen? Ich bin gar kein Alien, kein Highlander, kein Krishnamurti! Ich bin weder der Dalai Lama, noch bin ich Nietzsche oder Van Gogh. Ich habe es ja immer geahnt: Ich bin die Quintessenz der vier Pilzköpfe aus Liverpool! Ohne Flunkern jetzt: Es paßt wie die redensartliche Faust aufs Auge! Die Nase von Ringo, die offenen Augen von Paul, die abstehenden Ohren von George und das ironische Lächeln von John. Von ihm habe ich selbstverständlich meinen Sinn für Kunst, von Paul dieses bubihaft Neckische, von George diese spirituell fernöstliche Ader, ja, und von Ringo dieses derbe, unverwüstliche Lachen. Deshalb also habe ich von Anfang an so ekstatisch auf die Musik der vier Liverpooler reagiert! Wie das Küken seine Mutter aus Tausenden von Mutterstimmen heraushört, so erkannte ich schon als Heranwachsender sofort die Rufe meiner Alter egos: John, Paul, George and Ringo. Yeah, yeah, yeah, das ist es! Ich bin aus dem Geist ihrer Musik geboren, wie Nietzsche es so hellsichtig formuliert: „Die Geburt der Tragödie aus dem Geiste der Musik".

Das ist der wahre Grund, weswegen ich all die Dinge über mich ergehen lassen mußte, die mich von meiner Familie so entfremdet und entfernt haben: Kunststudium, Theaterautor, Yoga, Alkohol. Ich bin nicht der fünfte Beatle. Nein, so tragisch das ist: Ich bin alle vier auf einmal.

Das ist Musik!

von Ednor Mier

Berlin-Lichterfelde 1963. Kann es etwas Schlimmeres geben als Nylon-
hemden und Plastikrosen?

Ja! Als Zwölfjährige der Obhut einer Pflegemutter unterstellt zu sein,
deren höchste Erfüllung darin bestand, eine Kollektion an Sammeltassen
ihr eigen nennen zu dürfen. Die erzitterten, wenn das Radio „Love, love
me do" und „She loves you, yeah, yeah, yeah!" brüllte.

Die Beatles waren da, der Untergang des Abendlandes und der westlichen Zivilisation.

Die Erwachsenen hielten sich die Ohren zu, schimpften: „Langhaari-
ges Gesindel!", „Das ist doch keine Musik!", „Negergeheul!", „Können
die nicht auf deutsch singen?"

Aaaarrrggg!

Um dem Kindchen deutsche Kultur nahezubringen, wurde das Radio
kommentarlos ausgeschaltet und Rudi Schuricke aufgelegt. „DAS ist
Musik, Mädel. Nicht dieses Jäjäjä-Geschrei, was du immer hörst."

Aaaarrrggg!

Ich hatte vom zwölften bis zum sechzehnten Lebensjahr ständig einen
Kloß im Hals, der sich nicht wegschlucken ließ. Er bestand aus
Küchenweisheiten wie „Lehrjahre sind keine Herrenjahre", „Hochmut
kommt vor dem Fall", Floskeln à la „Was sollen denn die Nachbarn
denken?" und Erpressungen wie „Du solltest mir dankbar sein, daß ...",
„Du bist undankbar, weil ...". Auch die Krone allen pädagogischen
Versagens durfte natürlich nicht fehlen: „Solange du deine Füße unter
meinen Tisch ..." nebst dem Sechzigerjahre-Statement für junge
Frauen: „In so einem kurzen Rock gehst du mir nicht aus dem Haus!"

Und Pflegemutters ständiges Blablablabla ...

Ich kannte keinen Menschen, der so schnell so viel reden konnte. Und
niemanden, der in der Gegenwart sogenannter Respektspersonen, als da
waren Ärzte, Lehrer, Apotheker, Beamte, so schnell zu schrumpfen
vermochte. Heute weiß ich: Typisches Obrigkeitsdenken der Altdeut-
schen. Geprägt von Kaiserzeit und Drittem Reich und dem kollektiven
Wunsch, ganz schnell vergessen zu dürfen.

Theater, das war was für feine Leute. „Lesen macht dich schwermütig,
Kind. Lerne lieber Stricken und Nähen, statt ständig deine Nase in diese
dämlichen Bücher zu stecken!"

Help me if you can, I'm feeling down – grau, alles grau, fürchterliche Enge, die mir das Atmen fast unmöglich machte. Und in mir alles voller Haß: auf mich, auf Lichterfelde, auf die Erwachsenen und auf diese Frau, die mich verfolgte wie ein böser Geist.

Einzige Rückzugsreservate, in die sie mir wegen ihres beschränkten Geistes nicht folgen konnte: Musik, Bücher und die eigene Schreibe. Sehr verdächtig!

„Kind, hör auf mit dem Quatsch. Wie willst du später mal deine Familie versorgen, wenn du nicht nähen und kochen kannst?"

Gar nicht!!! Ich werde ein *Paperback Writer,* yeah!

Gespart, um das erste eigene Radio zu kaufen. Klein, handlich mußte es sein, damit man es überallhin mitnehmen konnte. „Yellow Submarine", heimlich ins Kino ausgebüchst und dafür Stubenarrest und Mutterns endlose Gardinenpredigt ertragen. Aber verdammt, die Beatles waren das wert!

Und dann „Eleanor Rigby", ein Text, der all das ausdrückte, was ich empfand, der mich zum Heulen brachte und zum Träumen. Aber der mir auch Trost , Beruhigung und die Kraft zu einem Entschluß gab: Niemals – NIEMALS! – so werden wie die Leute, die mir jetzt noch zu sagen haben, was ich tun und lassen soll. Auf eigenen Beinen stehen und dann nichts wie weg hier!

Träume von „Swinging London". 1967 der große Knall, einmal zuviel „Solange du deine Füße unter meinen Tisch …!" Mit *Penny Lane* im Ohr abgehauen nach England, Hasch geraucht und alles gemacht, was den Spießern zu Hause die Haare zu Berge stehen ließ. Aber endlich, endlich frei. Frei für die Musik, frei für die Phantasie, yeah, ich werde ein *Paperback Writer.*

Zurück nach Deutschland, aber bloß nicht zurück nach Lichterfelde. Kommune und noch mehr Hasch. *I've got a feeling,* Baby, *strawberry fields forever.*

Irgendwo in Deutschland, irgendwann zwischen 1968 und 1970. Politisch total links, ich stoße mir die Hörner ab, und zwar gründlich. Blaue Flecken sind noch das Harmloseste, was ich einstecke, aber – *Let it be!* Baby, I'm okay. I'm *free as a bird*, und ich mache endlich, was ich will: Schreiben.

Schreiben.

Schreiben!

Irgendwo in Deutschland, irgendwann zwischen 2000 und 2007. Aus dem Radio meiner Enkeltochter quillt „Monsu-hu-hun" der Nachwuchsschwuchtelband *Tokio Hotel*. Die Dosensammlung im Regal zittert im Takt.

„Kind, das ist doch keine Musik …

HÄ???

Aaaaarrrrggg!

... but it all works out!
von Plunki Stanorkel

*Zähle, wie viele "F" in folgendem Text
vorkommen:*

THE FOOL ON THE HILL OF STRAWBERRY FIELDS HAS GOT A
FEELING OF LOVE

Es sind natürlich fünf und nicht bloß drei, wie die Normalos denken, deren Spatzenhirne nicht in der Lage sind, das Wörtchen „OF" zu verarbeiten. *One and one and one is three*, die alte Leier. Doktor Robert, der abgedrehte Weißkittel mit seinen immergleichen Tests! Ein netter Kerl mit den richtigen Drogen, aber offenbar ist er sich noch uneins, ob ich nun hochbegabt oder hochbekloppt bin. Einer der Gründe ist die Sprache, die ich erfunden haben soll. Dabei war die schon immer da. Der Doc ist ganz verrückt danach, sie zu erforschen. Was für ein Quatsch! Die versteht doch jeder, der nicht auf den Kopf gefallen ist. Man braucht bloß in sich hineinzuhören. Schlunks?

Zur Zeit bin ich ein bißchen deprimiert. In solchen Momenten ziehe ich mich gern in meine Gedanken zurück. Die sind nämlich der Ort, an den ich am liebsten gehe, wenn ich niedergeschlagen bin. Da vergesse ich die Zeit und all das. Was soll ich in der Wirklichkeit? Überall, wohin ich sehe, nur Mißverständnisse! Zum Beispiel hat mich meine Freundin abserviert. Ich sage „oben", sie sagt „unten", ich sage „Hallo!", sie sagt „Tschüß!". Sie sagt: „Du verstehst nicht, was ich sage." Sie sagt, das Leben mit mir ziehe sie runter. Und so weiter, und so weiter. Sie weigert sich einfach, mir zuzuhören. Man weiß ja, wie sowas läuft. Tja, und nun ist es aus. Endgültig. Ihre letzte Nachricht auf meinem Handy: „Ich ertrage deine idiotische Geheimsprache nicht mehr!" Ich schickte eine wütende SMS zurück: „Schnargel!" Bin ich vielleicht ein Loser, oder was?

Vielleicht hätte ich mich nicht derart gehenlassen dürfen, aber ich war wie vom Strinkel geknurpst. So ein Schnurk, verdammter! Schon klar: Eine geziemelte Brattenbrummse wie Rita werde ich so schnell nicht wiederfinden. Ich könnte mir in den Frump storkeln! Ein paarmal habe ich seither versucht, sie zu erreichen. Besetzt – wie immer!

Pah, ihre guten Ratschläge sollen die Normalos für sich behalten. Nicht schauspielern, sich ganz natürlich benehmen? Von wegen! Ich weiß doch genau, wie das läuft, wenn ich in der Fußgängerzone meinen Anmacherspruch loslasse: „Flimpi, Kanuso! Zumpel kanorscht Pnurki?" Die Mädchen tippen sich vielsagend an die Stirn und gehen weiter. Nur Rita fand ihn originell. Damals. Yesterday. Mir kommt es vor, als sei das Jahre her. Junge, was würde ich darum geben, wieder die drei kleinen, großen Worte zu flüstern: „Odel schnolke orps!" Und, nun na, ich vermisse das Schnorgeln. Mein Schnirps bringt sich immer mehr in Erinnerung. Langsam aber sicher beginnt er zu mirmeln. Soll ich vielleicht warten, bis ich vierundsechzig bin?

Ich stehe auf meinem Lieblingsplatz, dem Hügel, und schaue auf den Weg, der sich zu Ritas Tür windet. Hier sehe ich der Sonne beim Untergehen zu; hier kann ich ungestört aussprechen, was ich denke: „Schnuggel pilampi!" Ach, die Blumen sind wie Zellophan. Rund um mich dreht sich die Welt. Wie jeden Abend.

Eigentlich könnte Rita mich anrufen. Sie weiß ja meinen Namen und braucht die Nummer nur nachzuschlagen. Gnulk! Ich werde aufhören mit meiner Sprache. Schluß damit! Vorbei! Ich melde mich bei Rita, heute noch, und entschuldige mich. Sachlichkeit ist wohl eine unabänderliche Berufskrankheit aller Politessen. Künftig nehme ich darauf Rücksicht. *One and one and one is three.* Schnurks!

Das Handy ist schon griffbereit, da steht auf einmal dieses wunderbare Mädchen neben mir und spricht mich an: „Flimpi, Kanuso! Zumpel kanorscht Pnurki?" Im gleichen Augenblick errötet sie.

Mein Gott, wie schön sie ist! Ich wette, in Doktor Roberts Test zählt sie fünf „F"! Ihre Augen sind wie Kaleidoskope. Und erst ihr herrlicher Knursch! Obladi, oblada! Goog-goog-a-joob! Jonk, jonk, jonk!

Aber aufs Aussehen kommt es gar nicht an. Hauptsache, wir verstehen uns – im wahrsten Sinne des Wortes.

Odel schnolke orps!

Als Mutter twistete
von Reinhard Stöckel

Meine Mutter war eine stille Frau. Der Rhythmus einer ratternden Näh-
maschine und Großmutters Klopfstock bestimmten ihr Leben.

Sie nähte Vaters Hosen und, so glaubte ich lange Zeit, die Hosen und
Jacken all der Männer, die eine Uniform trugen. Jedenfalls schob sie
Tag für Tag dicken, filzigen Stoff unter der auf- und absausenden Nadel
hindurch: feldgrauen, dunkelblauen, grünen Stoff. Ein- oder zweimal im
Jahr brachte sie einen Blumenstrauß mit nach Hause, eine Urkunde mit
goldenen Buchstaben und einen Umschlag mit einigen Geldscheinen.
Lächelnd stellte sie den Strauß in eine Vase. Das Geld steckte sie seufzend in die alte, angeschlagene Kaffeekanne im Küchenschrank. Die
Urkunde verschwand wie andere zuvor in einem Schubkasten, den Mutter mit einer kurzen Bewegung ihrer Hüfte zuschob. Dann zog sie ihre
geblümte Kittelschürze an und ging hinauf, um Großmutter zu waschen
und mit Franzbranntwein einzureiben.

Irgendwann, meist lag ich schon im Bett, kam Vater. Ich hörte beide
im Flur ein paar Worte wechseln, dann aus der Stube nur noch den
Fernseher.

Es war an einem sommerlichen Samstagmorgen. Ich saß auf der Treppe
unseres Häuschens und beobachtete Ameisen, die emsig die Krümel
meines Frühstücksbrötchens wegschleppten.

Plötzlich drang aus der Küche ein Klirren, Kreischen und Dröhnen,
daß ich erschreckt aufsprang und ins Haus lief, um nachzusehen. Was
sich mir darbot, konnte ich nicht fassen: Das Magische Auge unseres
Radios glühte, die Stoffbespannung des Lautsprechers vibrierte, der
ganze hölzerne Kasten bebte – und Mutter tanzte. Jedenfalls behauptete
sie hinterher, daß es ein Tanz gewesen sei. Ich sah sie nur mit geschlossenen Füßen zwischen den Scherben eines zerbrochenen Tellers auf den
Fliesen hin- und herrutschen. Mit angehobenen Armen schien sie gegen
einen unsichtbaren Gegner zu boxen. Dabei schwenkte sie die Hüften
und senkte gleichzeitig ihren Hintern Richtung Küchenboden, um sich
gleich darauf wieder emporzuschrauben. Sie warf den Kopf in den
Nacken und lachte mir zu. Diesen Moment habe ich nie vergessen.

Einen Augenblick später vermischte sich das Fiepen des Zeitzeichens
mit Großmutters Klopfen.

Als Vater zum Mittagessen nach Hause kam, berichtete ich ihm aufgeregt von dem Ereignis. Ich bemühte mich, meine Schilderung mit Bewegungen und Gesang zu illustrieren. Vater jedoch schien meine Begeisterung nicht zu teilen, denn seine Mundwinkel senkten sich, und er sagte nur: Negermusik.

Neulich habe ich mich daran erinnert, als ich überlegte, was ich mit dem MP3-Player anfangen sollte, den mir meine Kinder zum Geburtstag geschenkt hatten. Mit ihrer Hilfe gelang es mir schließlich, Musik von den Beatles auf dieses Gerät zu übertragen.

Als ich einige Tage später meine Mutter im Heim besuchte, war gerade eine Pflegerin dabei, sie zu waschen und einzureiben. Ich saß eine Weile an ihrem Bett und redete, was man so redet. Sie blickte wie immer stumm aus dem Fenster.

Da zog ich den Player aus der Tasche. Ich mußte nicht lange suchen, bis ich die Beatles singen hörte. Mein Herz klopfte, und ich zögerte, als ich mich zu Mutter beugte und einen der Hörer vorsichtig an ihr Ohr hielt. Da waren sie, die Beatles mit ihrem „Twist and Shout".

Ich sah Mutter an. Jetzt sah sie mich.

Maxwell und Joan

von Desmond Jones

Joan was quizzical, studied pataphysical
science in the home,
late nights all alone with a test tube,
oh, oh, oh, oh.
Maxwell Edison, majoring in medicine,
calls her on the phone:
Can I take you out to the pictures, Jo-o-o-oan?
But as she's getting ready to go
a knock comes on the door

The Beatles, Maxwell's Silver Hammer

„Wie gefallen dir die Beatles?" fragte Joan am Telefon.

„Was sind denn die Beatles?" entgegnete Maxwell. „Muß man die kennen?"

„Hängt davon ab, in welchem Universum man lebt. Pataphysikalisch betrachtet, meine ich. Jedenfalls werde ich mich nicht von dir ins Kino einladen lassen. Ich habe von deinem Silberhammer gehört."

Beatles? Pataphysik? Silberhammer? Maxwell schüttelte den Kopf. Joan benahm sich mehr als merkwürdig. Und woher wußte sie das mit dem Kino? Besaß sie hellseherische Kräfte?

„Äh ...an, ich habe keine Ahnung, wovon du sprichst, aber ...

„Es gibt dieses Beatles-Lied", unterbrach sie ihn. „‚Maxwell's Silver Hammer', auf dem Album ‚Abbey Road'. Darin wird Joan von einem Psychopathen namens Maxwell Edison mit dem Silberhammer erschlagen. Ich heiße Joan, du heißt Maxwell. Und jetzt erzähl mir nicht, das wäre ein Zufall."

So etwas passierte, wenn man sich mit Frauen beschäftigte. Er hätte ihre bizarren Sphären weiterhin meiden sollen. Die Geschichte damals mit dem seltsamen Mädchen war ihm keine Lehre gewesen. Ständig hatte sie ihm von ihrer Einrichtung aus norwegischem Holz vorgeschwärmt. Dabei gab es in ihrem Zimmer nicht einmal einen Stuhl. Und wenn sie nicht von Möbeln sprach, behauptete sie zu wissen, wie es war, tot zu sein. Irgendwann hatte sie dann erklärt, ihr Name wäre Michelle und sie würde ab jetzt nur noch Französisch verstehen. Maxwell sehnte sich nach längst vergangenen Zeiten zurück, nach jenem Gestern, als die Sorgen so weit weg zu sein schienen. Zusammen mit seinen Freunden hatte er ein gelbes U-Boot bewohnt und jede Menge Drogen konsumiert.

„Das bedeutet dann wohl, daß du dich nicht mit mir verabreden möchtest", meinte er.

Am anderen Ende der Leitung war ein Seufzen zu hören.

„Maxwell, das Problem ist, daß du an einer extremen Form von Beatlemania leidest. Im fortgeschrittenen Stadium, kombiniert mit partieller Amnesie. Du lebst in den Beatles-Stücken, machst die Texte zu deiner Welt und hast vergessen, wie die Wirklichkeit aussieht."

„Das ist verrückt!"

„Keine Frage."

„Und woher willst du das alles wissen? Wir kennen einander doch gar nicht. Ich habe mir erst vorhin deine Telefonnummer von Eleanor Rigby geben lassen."

Joans Stimme wurde scharf. „Ich weiß das, weil ich deine Frau bin. Mein Name ist auch nicht Joan. Das bildest du dir nur ein. Ich heiße Molly. Molly Jones. Und du bist Desmond, mein Ehemann. Ob-la-di, Ob-la-da, wenn du weißt, was ich meine. Übrigens ist Eleanor vor kurzem in einer Kirche gestorben."

Jetzt drehte sie völlig durch. Maxwell war ein Narr gewesen. Er hätte ihretwegen nicht von seinem Hügel herunterkommen sollen. Die Sonne untergehen zu sehen, Lucy im Himmel mit Diamanten zu betrachten, das hatte er nur wegen dieser Frau aufgegeben. Warum bloß? Und dabei hatte Mutter Maria ihm eindringlich geraten, es sein zu lassen.

„Joan, du redest wirr. Du brauchst Hilfe, und zwar nicht nur ein bißchen von guten Freunden. Es gibt da diesen Dr. Robert, der ist Spezialist für solche Fälle. An den solltest du dich wenden."

„Und alles, was du brauchst, ist Liebe, Desmond. Wenn du die erhältst, fühlst du dich wieder gut."

Maxwell ließ sich das durch den Kopf gehen.

„Okay, und wer schenkt sie mir?" fragte er. „Du?"

Joan oder Molly oder wie auch immer kicherte. „Wer denn sonst? Aber ich muß dich vorwarnen, ich kann keine Befriedigung finden."

„He, das ist jetzt aber von den Stones!"

„Ach, die Stones kennst du?"

„Wer kennt die nicht? Dann haben wir also doch ein Date. Wie komme ich zu dir?"

„Oh, Desmond, weißt du nicht einmal mehr, wo du wohnst? Du gehst die lange, gewundene Straße entlang und überquerst die Penny Lane. Dann am Tintenfischgarten und den Erdbeerfeldern vorbei, und schon bist du … Moment … es klopft an der Tür. Bleib bitte dran."

Molly Jones, Sängerin in der ‚Sergeant Peppers Lonely Hearts Club Band', legte den Hörer beiseite. Sie hoffte, daß sie jetzt genug Stoff für die Beatles-Geschichte zusammengesponnen hatten. Ihr Gatte, Desmond Jones, ein Taschenbuchautor mit Schreibblockade, hatte sie gebeten, ihn zu inspirieren. Langsam ging ihr das Spiel aber auf die Nerven. Außerdem stimmte irgend etwas nicht mit ihm.

Sie öffnete.

Bang, bang, Maxwell's silver hammer came down upon her head.
Bang, bang, Maxwell's silver hammer made sure that she was dead.

Beatles oder Pizza?

von Jenny Stegt

Die Beatles sind im Prinzip wie Pizza. Will man eine andere Person unbedingt von Gemeinsamkeiten überzeugen, gibt es zwei Möglichkeiten: Entweder man sagt, daß man gern Pizza ißt, oder daß man die Beatles mag. Denn wer tut das nicht?

Doch eigentlich waren sie mir mein ganzes Leben über ziemlich egal. Klar, die Musik fand ich schon immer nett, ich weiß, daß meine Eltern sie lieben, aber irgendwie fühlt sich meine Generation zu jung dafür. Das Rebellische, das die Älteren daran preisen, sehen wir Mittzwanziger, entweder *Nirvana*-Anhänger oder Freunde der Love Parade, heute nicht mehr. „Ist zwar ganz okay, aber total verstaubt", „Meine Musiklehrerin hat uns ständig *Eight Days A Week* singen lassen", „Irgendwie klingt ein Lied wie das andere", „Die Stones sind viel aufsässiger gewesen und somit cooler."

Als ich für einige Zeit nach England ging, ahnte ich nicht, wie schnell ich (nach *Yesterday* im Unterricht und *Let It be* am Lagerfeuer) wieder in Kontakt mit den Fab Four kommen würde. Meine französische Mitbewohnerin stellte sich als großer Beatles-Fan heraus. Ihr Zimmer war mit Bildern dekoriert sowie einer angeblich unglaublich wertvollen, weil sehr raren, LP. Irgendwie merkwürdig. In unserem Alter war jemand stolz auf ein Stück Vinyl, dabei kann ich mich nur noch dunkel an Schallplatten erinnern, abgesehen davon, daß niemand mehr einen geeigneten Apparat besitzt. Ziemlich bald fanden neu erworbene Poster der Gruppe auch ihren Weg ins Wohnzimmer, gleich zwischen das Anti-Bush-Plakat und Keith Richards in seinem „Who the fuck is Mick Jagger?"-Shirt.

England erwies sich auch in Londons Andenkenläden als wahnsinnig stolz auf die berühmteste Band, die es je hervorgebracht hat. Dicht neben den Tellern, die das Antlitz der Queen und die Royal Family zeigten, gab es alle erdenklichen Beatles-Souvenirs: Zigarettendosen, Kartenspiele, Tassen, Straßenschilder der Abbey Road. Und noch mehr Zigarettendosen, Kartenspiele, Tassen, Straßenschilder der Abbey Road. Dazwischen Zigarettendosen, Kartenspiele, Tassen, Straßenschilder der

Abbey Road. Die vier Pilzköpfe schienen auf der Beliebtheitsskala unmittelbar hinter der königlichen Familie zu rangieren. Wann immer es etwas Neues über Paul McCartneys Trennung von Heather Mills gab, waren die Zeitungen voll davon. Bei der königlichen Familie mag ein derartiger Hype ja verständlich sein; sie ist schließlich noch vorhanden. Aber die Beatles haben sich doch schon 1970 getrennt! Warum also kann jedes einzelne englische Kind, egal welchen Alters, jedes einzelne ihrer Lieder mitsingen? Ist das Teil des Lehrplans in England?

Letztendlich kam es soweit, daß wir auf Drängen meiner Mitbewohnerin die (ihrer Meinung nach) „Holy City" aufsuchten: Liverpool. Sofort nach der Ankunft im Hotel wurde deutlich, daß die Stadt außer den Fab Four nicht viel zu bieten hatte. Allüberall Zigarettendosen, Kartenspiele, Tassen, Straßenschilder von Penny Lane. Der freundliche Herr hinter der Rezeption wies uns sofort auf die Nähe zur „The Beatles Story Exhibition" hin. Und sonst? Naja, nicht viel, meinte er nur.

Das Museum war toll. Wirklich! Interessant, aber sehr auf die Touristen ausgerichtet, die entweder wegen der Beatles oder wegen des Fußballs kommen: Zigarettendosen, Kartenspiele, Tassen, Straßenschilder von Penny Lane. Die Ortschaft selbst kann sich nicht unbedingt als besonders anziehend bezeichnen. Natürlich war die „Living History Tour" sehr konstruiert und bei weitem nicht die einzige Gelegenheit, auf die berühmtesten Söhne der Stadt zu verweisen. Die *Liverpool Wall of Fame* in der Mathew Street besteht quasi zur Gänze aus Fotos der Fab Four, doch weshalb man sich als *World Capital of Pop* bezeichnet, wird mir wahrscheinlich nicht einmal im hohen Alter verständlich sein.

Faszinierenderweise läßt sich der *Cavern Club*, der legendäre Auftrittsort der Band, gleich zweimal finden. Alles nur eine geschickte Marketingstrategie? Damit mehr Besucher sagen können, sie seien in jenem berühmten Wallfahrtsort gewesen? Warum werden John Lennon und Paul McCartney in der Ausstellung ganze Säle gewidmet, und George Harrison und Ringo Starr bekommen so gut wie nichts?

Ich habe keine Antworten. Sicher, die Beatles waren eine Gruppe, wie sie authentischer nicht sein konnte. Ihr Imagewechsel wäre für eine heutige „Boygroup" unvorstellbar. Doch scheint ihre Popularität mehr denn je ausgenutzt zu werden: Zigarettendosen, Kartenspiele, Tassen,

Straßenschilder. John Lennons Ermordung hat den Mythos nur verstärkt. Sie bewirkte, daß ihn die Gesellschaft zu einem Heiligen erhob. Womöglich wäre er heute tatsächlich ein hervorragender Politiker und würde seine Vision des Friedens in der Welt verbreiten? Ich weiß es nicht. Und selbst auf die Frage, ob ich die Beatles toll finde, kann ich nur mit ihnen antworten:

I think I know I mean a 'Yes'.
But it's all wrong.
That is I think I disagree.

Aber ich weiß, daß ich Pizza mag.

Über die Autoren

Bellersen, Ansgar, geboren am 26.7.1965. Seit 2002 Lehrer an einer Schule für Erziehungshilfe. Lebt mit Frau und Sohn in einer Kleinstadt bei Bremen. Leidenschaftlicher Beatles-Fan und Hobbymusiker. 1986 bis 1991 redaktionelle Tätigkeit für das McCartney-Fanmagazin „Front Parlour". Examensarbeit zum Thema „John Lennon als bildender Künstler". Seit 1999 Mitglied der Internet-Community www.erdbeerfelder.de, seit 2004 Co-Administrator der Erdbeerfelder, seit 2006 eigenes Projekt: www.ex-beatles.de, E-Mail: bell1965@ewetel.net

Bings, Armin, geboren 1972 in Geilenkirchen, Logopäde und Autor, lebt und schreibt in Köln. Seit Mai 2005 regelmäßige Leseshow „Schöner Lesen" im Café Franck, Köln-Ehrenfeld. Bisher veröffentlicht: Gedichte und Geschichten u. a. in *dO!PEN*, *Minima*, *schreib* sowie in der *Reinschrift 2* – Kölner Anthologie.

Bordt, Stephan – Ich wurde 1966 geboren und wuchs in Hösbach, einem Kaff im Vorspessart, auf. Dank meiner großen Geschwister lernte ich früh die Beatles, Doors, T-Rex usw. kennen. Der Zufall verschlug mich nach Hamburg, wo ich bis heute lebe. Ich gehe regelmäßig zum FC St. Pauli und gelegentlich zu Konzerten. 2001 veröffentlichte ich den Krimi „Strange Days in Hamburg". Seitdem habe ich an mehreren Wettbewerben teilgenommen und arbeite an einem neuen Roman. Ich bin freiberuflich als Journalist und PR-Berater tätig. Meine Freizeit verbringe ich vor allem mit meinem Sohn Bela.

Buske, Bettina – Ich wurde im Mai 1954 geboren, habe eine Berufsausbildung mit Abitur gemacht, 1973 geheiratet, 1974 und 1977 meine Kinder geboren, diverse Sachbearbeitertätigkeiten ausgeübt und bin in der Buchhaltung hängengeblieben. Mit der Arbeitslosigkeit hat meine große Liebe zu Märchen den gebührenden Platz in meinem Leben bekommen. Ich betreibe den „Märchenzauber", ein Forum auf dem Nexusboard, und erlerne bei Barbara Höllfritsch, Gründerin der Märcheninitiative Sesam, das Erzählen im Rhythmus der Lemniskate. Die Geschichten, die ich schreibe, sind, was Wunder, Märchen und Kindergeschichten, aber auch Themen des alltäglichen Wahnsinns bringe ich gern zu Papier, und manchmal wird es auch etwas kriminell. Veröffentlicht habe ich bisher „Wie der Iler zu seinem Gegenstand kam" in der Märchenanthologie „Das geteilte Königreich" des Lerato-Verlags.

Dibbern, Nils, geboren am 29. Oktober 1968 in Lübeck, Hauptschule (!!!), Ausbildung zum Blechschlosser, heute Medizintechniker im Außendienst. Zwischen 2001 und 2006 Produzent diverser Radiosendungen bei Radio Umland.

Dittmann, Holger – Das Schlüsselwort meiner Biographie lautet "beinahe": *Beinahe* hätte ich die Beatles noch bewußt erlebt, *beinahe* wäre ich ein guter Fußballer geworden, *beinahe* hätte ich meinen Backenzahn behalten, *beinahe* bin ich noch jung und hübsch. Ich kann *beinahe* gut schreiben und hätte *beinahe* mehr veröffentlicht. *Beinahe* wohne ich in Berlins angesagtestem Bezirk. Und ganz sicher gewinne ich eines Tages *beinahe* einen Literaturpreis. E-Mail: dittmann9026@aol.com, Homepage: www.dreamteam-schleich-dittmann.de

Endler, Arno – Ich bin 41 Jahre alt, glücklich verheiratet und habe zwei Kinder. Mit meiner Familie lebe ich im Hunsrück und genieße die Landluft. Außer dem Schreiben gehört insbesondere das Lesen zu meinen Leidenschaften. Seit meinem 16. Lebensjahr schreibe ich mehr oder weniger regelmäßig. Doch erst 2006 habe ich mich um Veröffentlichungen bemüht. Drei Kurzgeschichten wurden in Anthologien des Lerato-Verlages aufgenommen: „Hyacinth" in „Das Mädchen aus dem Wald" und „Der König, der Narr und die Flasche" in „Das geteilte Königreich" sowie „Sittabao" in „Im Bann des Nachtwaldes". Weitere Veröffentlichungen in verschiedenen Verlagen. Für weitere Informationen besuchen Sie meine Homepage: www.arnoendler.de

Ettl, Peter, geboren 19.5.1954 in Regensburg, Redakteur i. R. und Schriftsteller. Mehrere Bücher veröffentlicht, vor allem Kurzgeschichten, Roman, Lyrik. Kulturförderpreis der Stadt Regensburg, Kulturförderpreis Ostbayern. Gedichte wurden ins Englische, Französische, Tschechische und Italienische übersetzt. E-Mail: peter.ettl@t-online.de, Homepage: www.peterettl.de

Friedrich, Silvia, 1955 in Niedersachsen geboren, 1976 Umzug nach Berlin, Erzieherausbildung/Arbeit im staatlichen Kindergarten in Berlin, Abitur auf dem Zweiten Bildungsweg, Geschichtsstudium an der

Humboldtuniversität, Jurastudium an der Freien Universität, seit 2005 als Freie Journalistin in Berlin/Brandenburg tätig, Artikel-Veröffentlichungen in Zeitungen und Zeitschriften, Veröffentlichungen von Kurzgeschichten in verschiedenen Anthologien.

Grol, Karen, geboren 1964 im westfälischen Ahlen. Geografisch trieb es mich über Berlin und Freiburg bis nach Heilbronn. Hier lebe ich seit 2000 mit Ehemann und Kater in einem kleinen Weindorf. Beruflich hängte ich die Beamtenlaufbahn früh an den Nagel. Ich studierte Druckereitechnik an der Hochschule der Künste, wurde Ingenieurin, IT-Leiterin einer Buchdruckerei, Consultant bei einem Softwarekonzern, Autorin und schließlich Verlegerin. Erste Veröffentlichungen von Kurzgeschichten gelangen 2006. Ich bin Mitglied im Schreibzirkel (www.schreibzirkel.com) und im Netz unter www.schreibsucht.com zu finden.

Heller, Florian wurde 1974 im schwäbischen Geislingen/Steige geboren. Nach der Ausbildung zum Industriemechaniker studierte er Physikalische Technik. Es folgten zwei Jahre Aufenthalt in China als Anwendungsingenieur. Gegenwärtig lebt er in Auckland, Neuseeland, arbeitet in einer Werkzeugfirma und studiert Statistik.

Jones, Desmond heißt eigentlich Olaf Trint und fand es einfach lustig, auch einmal ein Pseudonym zu verwenden. Besonders weil es bei dieser Geschichte so gut paßte. Er lebt in Hamburg, ist Mitglied der Schreibgruppe „Autoren 2002" und im Internet unter www.olaf-trint.de zu finden. Einige seiner Geschichten wurden in Zeitschriften und Anthologien veröffentlicht.

Kirschner, Wolfgang – Ich wurde 1953 in Stuttgart geboren und kam zum Studium nach Tübingen, wo ich auch heute noch lebe und mich derzeit ganz dem Schreiben widme. Neben diversen Veröffentlichungen von Kurzgeschichten in Anthologien erschien 2006 im Gipfelbuch-Verlag mein Jugendbuch „Himmelblau und Birnbaumgrün – Mein Sommer mit Camilla". Im selben Jahr wurde eine meiner Kurzgeschichten vom Autorenkreis LITTLE PEN ausgezeichnet. Weitere Buchtitel sind in Vorbereitung.

Koepsell, Cornelia, Jahrgang 1955, Wohnort Augsburg, Studium Germanistik und Geschichte, Beruf Buchhalterin, verschiedene Veröffentlichungen in Anthologien, Literaturzeitschriften und im Internet.

Labussek, Anja, Jahrgang 1969, lebt in Düsseldorf und arbeitet als Redakteurin in einem technischen Fachverlag. Sie schreibt Kurzgeschichten verschiedener Genres, von denen einige in Anthologien veröffentlicht wurden – und irgendwann auch einen dicken, spannenden Roman, falls Zeit und Inspiration mitspielen. E-Mail: al@nemesis.homeunix.com

Lind, Chris, verheiratet, lebt und arbeitet in Gelsenkirchen. In ihrem „Brotberuf" als Sozialwissenschaftlerin schreibt sie Texte über Arbeitszeiten und Geschlechterpolitik. Seit 2005 verfaßt sie Kurzgeschichten mit phantastischem Einschlag, die sie selber gerne lesen würde, und beteiligt sich – mit wechselndem Erfolg – an Ausschreibungen. Aktuelle Veröffentlichungen: „Kamaras Ritt" in: Fremde Welten, Edition Leserunde. „Die Weinkenner" und „Der letzte Kuss" in: Mit allen Sinnen – Eine literarische Weinprobe, Anthologie, Stories & Friends Verlag.

Mena Vicente, Amadeo, geboren 7.2.1962. Seit 1978 bis heute semiprofessioneller Musiker, Autor und Unternehmer.

Miedl, Jürgen, geboren am 22.06.1988 in der Steiermark, Österreich, Volksschule und Musikhauptschule in Oberwölz, in der Obersteiermark überlebt, danach Matura (Übersetzung: Abitur) in Murau, bis April diesen Jahres meinen Zivildienst beim Roten Kreuz abgeleistet, versuche gerade, die Zeit bis zum Studium (Deutsch und Geschichte) zu überbrücken, meine Lieblingsfarben sind Rot, Blau und Grün, aber Türkis mag ich überhaupt nicht.

Mier, Ednor, aka Edna Schuchardt, 1951 in Berlin geboren, wollte eigentlich Sängerin werden. Um ihr Studium zu finanzieren, schrieb sie Shortys für diverse Zeitschriften. Mit 19 Jahren ging sie nach London, wo sie mit fünf verrückten Jazz- und Rockmusikern als Frontsängerin auftrat. Nach ihrer Rückkehr beendete sie ihr Musikstudium und zog nach Hessen. Hier lebt und arbeitet sie seit mehr als 20 Jahren als Autorin und hat in dieser Zeit ca. 400 Heftromane, etliche Reportagen und Kurzgeschichten sowie vier Taschenbücher veröffentlicht. Ihr

Lebensmotto: Ich bin nicht auf der Welt um so zu sein, wie andere mich haben wollen!

Noack, Andrea, geboren 1954 in Dresden und immer noch da ansässig. Geschieden, ein Sohn. Schulbesuch in Dresden, Abitur 1972 an der Dresdner Kreuzschule, 1972 – 1976 Studium an der TU Dresden, Abschluß als Diplom-Hydrologe. Seit 1976 als Projektierungsingenieur im Bereich Wasserwirtschaft tätig. Beatlesfan seit ca. 1964 (leidenschaftlich!). Sie wurde 2001 Mitglied im Beatlesmuseum Halle. Schreibt hin und wieder Beiträge für *Things* (Publikation des Beatlesmuseums) und ist ansonsten eine begeisterte Verfasserin von Briefen und Berichten. E-Mail: Andrea_Noack@gmx.de

Perko, Christian, verfaßte mehrere John-Lennon-Bücher für Kleinstkinder („John muß pullern", „John will nicht zum Friseur", „John hat großes Aua"), gründete die erste Beatlescoverband in der Ostzone, die die Beatles ins Russische übertrug („Sovjetski Karandasch") und starb leider viel zu spät im Alter von 21 Jahren an Akne! Träger der Medaille „Begabter Pioner" der Volkshochschule Eilenburg in Silber.

Pricha, Manfred, geboren 1954 in Altötting, Studium der Wirtschafts- und Geschichtswissenschaften; Autor, Wissenschaftlicher Dokumentar und Historiker, lebt und arbeitet in Bochum, schreibt seit 25 Jahren Lyrik. Diverse Veröffentlichungen in Zeitschriften, Anthologien, auf CD und im Internet, zuletzt im Jahr 2007.

Ramm, Janna wurde 1964 geboren und wohnt in Braunschweig. Sie hat schon immer viel gelesen und geschrieben. Seit 2003 sind einige ihrer Gedichte in verschiedenen Anthologien publiziert worden. Ihre Kurzgeschichte „Therapeutische Lösung" wurde in der Anthologie „Mörderisch" veröffentlicht (AdA, Website-Verlag, 2005), und vom Literaturzentrum Braunschweig wurde eine ihrer Kurzgeschichten für eine Lesung im Juli 2006 ausgewählt. Eine weitere Kurzgeschichte wurde im März 2007 in der Anthologie „Danse Macabre" (Wurdack-Verlag) veröffentlicht.

Rümmelein, Bernd, geboren am 23.9.1966 in Stuttgart, verheiratet, zwei Söhne. Journalistische Ausbildung, war Hörfunkredakteur und Moderator, Studium der Rechtswissenschaften und Betriebswirtschaft,

Qualifikation zum deutschen Richteramt seit 1996, war Bereichsleiter Recht und Geschäftsführer in einem größeren IT Unternehmen, seit 2001 Geschäftsführer eines global tätigen Beratungsunternehmens im Bereich Human Resources. Schreibt seit seiner Jugendzeit Kurzgeschichten, Gedichte und überwiegend Romane aus dem Bereich Fantasy. Aus der Begeisterung für Filme sind im Lauf der Jahre zahlreiche Kinokritiken entstanden. In 2007 wird die Kurzgeschichte „Des Kriegers Herz" in einer Anthologie des Arcanum Fantasy Verlages veröffentlicht. 2009 wird der erste Teil des Romans „Kryson – Die Schlacht am Rayhin" im Ueberreuter Verlag Wien veröffentlicht. Zeitgleich folgt der zweite Teil von „Kryson" ebenfalls bei Ueberreuter.

Schleich, Elke, geboren 1953 in Gelsenkirchen. Wohnt, schreibt, wandert und freut sich mit Pferd, Katze und Mann ihres Lebens am grünen Rand des Ruhrgebiets, nämlich in Westerholt. Veröffentlichungen in Zeitschriften und Anthologien; ein Roman bei Droemer/Knaur, hat einen zweiten in der Schublade und träumt davon, auch dafür einen Verleger zu finden. Co-Herausgeberin der Anthologie „Sugar Baby Love", 2006, Lerato-Verlag. E-Mail: ElkeSchleich@aol.com, Homepage: www.dreamteam-schleicht-dittmann.de

Schneider, Stefan, 1965 im Hinterland geboren. Mit vierzehn Gründung einer Dorfband, die versehentlich Punk spielte, da sie dachte, es sei Rock'n Roll. Hautausschlag. Mit fünfzehn in der Hautklinik erstes Buch gelesen: Hermann Hesse „Unterm Rad". Mit achtzehn 'Van Gogh'-Schock, der eine steile Karriere als erfolgreicher Dorffußballer verhinderte. Fernmeldehandwerker. Zweiter Bildungsweg, danach Kunst-Studium in Kassel. Teppichzusammenroller, Kraftfahrer, Maschinenverdrahter, Briefträger. Mehrere hessische Jugend-Literaturpreise. Zwei aufgeführte Theaterstücke: „Die Heilige Elisabeth", „Die Gebliebenen". Zwei Jahre Leiter des Autoren-Cafés Kassel. Derzeit Ausbildung zum Logopäden.

Stanorkel, Plunki, studiert die Liebe in Hotelzimmern, wobei ihm die Beatles eher nicht dienlich sind. Er ist Verfasser zahlreicher obszöner SMS mit T9 und hofft zuversichtlich, schon sehr bald Ehrenbürger von Flensburg zu werden. Seine Traumfrau erreicht ihn unter 0175 – 450 42 39.

Stegt, Jenny, geboren am 3.1.1983, Geburtsort: Lüdinghausen, seit Okt. 2002 Studium der Fächer Englisch und Deutsch für das Lehramt (Sekundarstufe II/I) an der Westfälischen Wilhelms-Universität Münster, Sept. 2005 – Mai 2006 German Assistant in England, Merchant Taylors' School und St. Helen's School in Northwood.

Stöckel, Reinhard, Jahrgang 1956, verheiratet, drei Kinder, wohnt in Maust bei Cottbus, erlernter Beruf Bibliothekar, 1988-90 Fernstudium am Literaturinstitut Leipzig, Tätigkeiten als Soldat auf Zeit, Gießerei-arbeiter, Bibliothekar, in einem Jugendklub, freier Journalist, in einem Umweltverband, im IT-Service. Veröffentlichungen: in Anthologien und Zeitschriften (die letzte in: Die Erde dreht sich unter meinen Füßen: Märkischer Almanach, 2006), Unten am Fluss: Geschichten vom späten Ende der Kindheit. Erzählungen 2002. Dingsda-Verlag. Heimkehr ins Labyrinth. Uraufführung 2003, bühne 8, Cottbus. Web: www.reinhard-stoeckel.de

Szabo, Susan, 1949 geboren in Kempten im Allgäu, BRD, 1951 Über-siedelung in die USA, 1971 B.A. Diplom in Journalistik, Aufenthalt in Zürich, Schweiz. Arbeit als Sekretärin (ETH) und Übersetzerin. 1973-1979 Studium der Psychologie an der Universität Zürich. Praktika in Psychotherapie. 1985 Übersiedelung nach Bad Homburg 1987 Doktor der Philosophie, Universität Zürich. Seit 1988 freie Schriftstellerin. Mitglied der Autorengruppe „Autoren 2002". Susan Szabo ist verheira-tet und Mutter von zwei Kindern. Sachbuch: „Der Selbstbegriff in der humanistischen Psychologie von Maslow und Rogers", Frankfurt am Main: Verlag Peter Lang, 1988. Roman: „Amor zählt bis drei", Frank-furt am Main: Ulrike Helmer Verlag, 1994, Fischer Taschenbuch Ver-lag, Juli 1997, Lizenzausgabe. Kurzgeschichte: „Voodoo-Night" in ReiseLust. München: Storia Verlag, 2006.

Weber, Christiane, 45 Jahre, lebt in Dortmund/Ruhrgebiet, arbeitet als Sozialarbeiterin, veröffentlicht seit Jahren Lyrik und Prosa in Literatur-zeitschriften und Anthologien und war mehrfach Autorin des Monats. E-Mail: christiane.weber@dokom.net

Zydek, Sandra, geb.1973, studierte Musik- und Theaterwissenschaft. Lebt und arbeitet als Dramaturgin und Puppenspielerin in Düsseldorf. Konzerttätigkeit als Sopranistin.